Trancher

AMÉLIE CORDONNIER

Trancher

ROMAN

J'AI LU

Pour mes enfants, Alix et Maël

Prologue

Tu as toujours fait des listes. Petite, tu notais le nom de tes poupées, des copains à inviter, des poneys que tu voulais monter, les mots inconnus à chercher dans le dictionnaire et tous les cadeaux d'anniversaire dont rêvait Anna. Tu griffonnais aussi le titre des Bibliothèque Verte à commander, *Alice et les Faux-Monnayeurs*, *Alice et le Pick-Pocket*, *Une cavalière pour l'Étalon noir*, puis *Jonathan Livingston le Goéland* ou *Le Petit Lord Fauntleroy*. La liste des romans à lire en priorité n'a jamais quitté ton sac, mais un jour, il y eut aussi celle des garçons qui te souriaient à la sortie du lycée, puis rencontrés le samedi en boîte de nuit. Quand les enfants sont nés, d'autres listes se sont ajoutées. Celles de la semaine et du week-end, celles des corvées et des réjouissances à venir. Les horaires de biberons, puis ceux de la danse, du tennis et du judo, les légumes à acheter, les purées à préparer, les activités à programmer, les dates de vacances, le menu du dîner avec les plats à réchauffer que tu continues de rédiger chaque matin pour la baby-sitter avant de partir travailler à la médiathèque, les films, les spectacles et les expos à ne pas manquer, les fêtes à ne pas oublier : toutes ces listes-là, tu les as faites. Souvent avec plaisir, parfois en grognant, mais toujours de ton plein gré. Des listes d'insultes, en revanche, ça jamais tu n'en avais fait.

Première partie

« Si la photo est bonne,
Il est bien de sa personne,
N'a pas plus l'air d'un assassin,
Que le fils de mon voisin. »

Barbara,
Si la photo est bonne

C'est revenu sans prévenir. C'était un de ces week-ends de septembre que tu préfères. Vous aviez décidé de le passer tous les quatre à Cabourg, dans la petite maison héritée de Josette, la grand-mère d'Aurélien. L'adorable vieille dame, un peu foutraque, l'avait baptisée « La bicoque ». À sa mort, Aurélien t'avait proposé de repousser les avances des agents immobiliers et de tout refaire. Tu avais dit oui, évidemment. Il y avait du pain sur la planche car la chaumière n'avait jamais été rénovée en quarante ans. Il avait fallu trier et beaucoup jeter. Josette avait engrangé un nombre incalculable de figurines en tous genres, recouvertes de poussière. La collection de bateaux, celle de chats en porcelaine, de cœurs, de canards en bois, de poupées anciennes et de boules de neige. Il a fallu des litres d'huile de coude et près de quatre-vingts sacs-poubelle pour faire place nette. Un vrai crève-cœur de devoir se séparer de tout ça. Tu avais suggéré à Aurélien de garder un exemplaire, mais pas plus, de chacune des collec' de Josette. Pour la famille des nains de jardin, vous aviez toléré une entorse à la règle. Trois d'entre eux trônent aujourd'hui encore dans la cuisine ouverte sur le salon. C'est sous leur œil goguenard et leur mine renfrognée que tout a éclaté.

Il est 10 heures, ce matin-là. Le soleil darde à travers les larges baies vitrées qui remplacent les fenêtres vétustes de Josette. Le décor n'a rien à envier à celui de la famille Ricoré. À l'exception dcs carreaux, sales comme jamais. « Dégueu ! » s'exclame Romane, dans un sourire impertinent, en les pointant du doigt, avant d'expliquer à son frère : « Dégueu, on a le droit de le dire, mais pas dégueulasse. » Tu ris. Peu importe la crasse, tu t'es promis de ne pas passer le dimanche à faire le ménage. Ta tasse de thé refroidit devant le jeu des différences. Il en reste trois à trouver et Romane se désespère, tandis que Vadim, installé en face de vous, peine à résumer *La Fortune des Rougon*. Il y a bien assez de place pour que tout le monde s'étale. Livres cornés, gommes, cahiers, feuilles, fiches, feutres, classeurs, effaceurs et crayons de couleur s'amoncellent sur la longue table de ferme où tu ne t'assois jamais sans une pensée pour Josette qui y enchaînait jadis les grilles de mots croisés, emmitouflée dans son châle rose. C'est le seul meuble que vous avez gardé, avec le lourd banc de chêne sur lequel Vadim s'est souvent cogné, petit. Il règne un calme aussi joyeux que studieux, qui te réjouit. Tu as éteint la musique, une fois les pains au chocolat dévorés, histoire que ton lycéen de quinze ans puisse mieux se concentrer.

Il a déjà assez de mal comme ça à tenir en place sans faire trembler sa cuisse ni tourner son Bic comme une toupie. Tu as toujours affectionné ces moments-là, où rien ne s'agite, où chacun cogite dans un silence entrecoupé de soupirs et parfois de râleries. Romane dessine un arbre avec un oiseau, Vadim cherche ses mots en croquant son stylo, toi tu as ouvert ton roman et tu aimes lire comme ça, même si tu n'avances pas. Tu tournes laborieusement la page 100 quand Vadim décrète que la maison de Josette ressemble pas mal à celle où vivent Silvère et sa grand-mère. De guerre lasse, tu refermes ton bouquin. Si tu ne lui donnes pas un coup de main pour sa dissert, on y sera encore demain. C'est à ce moment-là qu'Aurélien déboule dans la cuisine. Tu remarques l'air agacé qu'il affiche ostensiblement. Il allume la baffle et met la musique à fond. « Mais non, t'exclames-tu en baissant le son, on ne peut pas travailler dans ces conditions. » Alors ça sort, sans prévenir. Personne ne s'y attend. Ni toi ni les enfants, qui se figent instantanément. « Je suis chez moi, quand même, alors ferme ta gueule une bonne fois pour toutes, connasse, si tu veux pas que je la réduise en miettes. » Uppercut. Souffle coupé. Tu baisses la tête sous l'effet du coup. Quand tu la relèves, tu vois, sur la table, les miettes du petit déjeuner que tu n'as pas encore débarrassé.

La porte claque aussi fort que sa menace. La honte cuit tes joues. Tu ne sais que dire, alors tu te tais. C'est un silence atterré qui vous accable tout à coup. Dans les yeux horrifiés de Romane, la surprise le dispute à l'effroi. Vadim ronge ses ongles, son frein aussi, tu le vois bien. Après un long moment, le pli qui barre son front finit par disparaître, il relève la tête, te regarde avec une douceur infinie et, tout fier de lui, déclare : « Ça nous fait donc un deuxième point commun avec Silvère puisque son amoureuse s'appelle Miette. » Sa blague vous sauve tous les trois.

Quelque chose, mal recollé en toi il y a des années, s'est brisé net. La journée reprend son cours, tant bien que mal. Tu t'épuises à faire bonne figure. Le déjeuner ne passe pas. Et l'après-midi s'éternise. Tu n'as qu'une envie : te planquer sous la couette. Tu réussis à traîner tes bottes sur la plage, mais pas à courir après les mouettes. Tu finis par décider de rentrer à vélo pendant que Romane termine son château avec son père. Un peu piteux, son père.

Au carrefour, un monsieur à bicyclette te cède le passage. Cheveux blancs au vent, chandail fuchsia sur les épaules, il a belle allure et son clin d'œil t'arrache un sourire. Tu t'engages trop vite dans l'allée censée te conduire à la maison, puis te ravises au dernier moment : le petit bois ici ? Mais non, voyons ! Tu t'es trompée de rue. Alors tu freines, d'un coup. Trop fort. Et tu valses par-dessus bord. Voles au-dessus du guidon, avant de t'écraser sur la chaussée. Sac renversé, téléphone éclaté, mains râpées, jean déchiré. Tes genoux saignent et ton coude gauche aussi. Allongée sur le bitume, tu te fais pitié. Chevaleresque, l'homme que tu as dépassé quelques secondes plus tôt vient te secourir et met tout le réconfort du monde dans le mouchoir qu'il te tend. « Voyons, mademoiselle, ce n'est rien ! » tente-t-il. Tu aimerais le croire. Aucun obstacle sur le chemin, il ne comprend pas bien ce qui s'est passé. « Comment avez-vous fait pour vous retrouver par terre ? » finit-il par te demander en t'aidant à remettre ta chaîne. « Aucune idée ! » Tu ne lui dis pas que tu as soudain senti la panique s'emparer de toi, et que c'est sans doute pour ça que tu as déraillé. Tu ne lui dis pas que tu as peur de dérailler aussi au sens figuré. Tu ne lui dis pas que tu es déjà tombée, et qu'il ne faut absolument pas que cela se reproduise, car tu n'es pas sûre de pouvoir te relever. Tu ne lui dis rien. Mais tu te jures, au plus profond de toi, que cette fois tu ne t'effondreras pas. Et tu te le répètes, à chaque coup de pédale, comme un mantra.

Les heures passent, pourtant en toi ça ne passe pas. Sur la route qui vous ramène à Paris, tu attends avec impatience que les enfants s'endorment dans la voiture pour arrêter de faire semblant. Donner le change t'exténue. Quand plus personne ne moufte à l'arrière, c'est un soulagement. Deux cent dix-neuf kilomètres plus tard, tu ne t'en es toujours pas remise. Aurélien décharge les sacs pendant que tu enfiles le pyjama à fleurs de la petite. Puis il faut se coucher. Malgré les haut-le-cœur. Le simple fait de partager le même lit qu'Aurélien te révulse. « Tu te rends compte de ce que tu m'as dit ? » finis-tu par lui demander. Les comptes, il sait très bien les tenir, mais n'aime pas en rendre. Alors il éteint. Tu te recroquevilles le plus loin possible de lui, tout au bord du lit froid, et dans le noir, après un silence assourdissant que tu ne l'aurais pas cru capable de rompre, il commence à faire la lumière sur vous. Il admet qu'il est de nouveau en train de tout détruire, exactement comme il l'a fait, sept ans auparavant, quand tu as failli y laisser ta peau. C'est après son aveu glaçant que tu réalises : sept années ont filé. Jamais tu n'as cherché à compter. Cela ne t'était pas venu à l'esprit. Mais lui, compter, c'est son métier. Il est payé pour ça.

Toutes ces horreurs qu'il te jette de nouveau à la gueule depuis les miettes, tu n'aurais jamais osé les retranscrire il y a sept ans. Ajouter à la colère de les supporter la honte de les rapporter, il ne fallait pas pousser. Mais aujourd'hui, tu le fais, parce que tu ne t'y feras jamais. C'est simple, tous les animaux y passent. De la ferme ou de la jungle, peu importe, pourvu qu'ils soient laids, gros, fangeux, puants ou pisseux. Il te traite de « sale truie » et de « sale chienne » plus souvent que de rat et de guenon. Et tes cinquante-cinq kilos ne l'empêchent pas de te comparer à un cachalot. C'est sûrement l'animal qui te dégoûte le moins. Avec la morue. Tu pourrais en rire. Mais non, tu ne ris pas. Tu courbes l'échine. Il y a le « grosse pute », bien sûr, qui compte aussi parmi ses compliments préférés et qui te blesse doublement parce que tu as toujours voué le plus grand respect aux prostituées. Sans oublier le chapelet des noms en « asse », qui te cinglent plus fort encore. Les « pétasse », « pouffiasse », « radasse », « connasse », « feignasse » et autres « grognasse ». Il en choisit généralement un, qu'il martèle jusqu'à plus soif. Tu en attrapes la nausée. Pas lui. C'est comme si l'appétit lui venait en insultant.

Depuis que tu as découvert la fonction « Notes » dans l'iPhone qu'Aurélien t'a offert, c'est sur ton téléphone que tu t'es mise à retranscrire toutes ses insanités. Chaque fois qu'elles te tombent dessus, tu le dégaines et tu ouvres une nouvelle page. Comme un paratonnerre. Tu regardes au passage la date des notes précédentes. Le plus souvent, seuls un ou deux jours ont passé. Parfois, tu constates qu'une semaine s'est écoulée depuis la dernière salve, mais cela ne te réconforte pas vraiment. Tu écris pour fixer les choses, donner une consistance à ce qui se délite. Écrire comme une bataille. Tu t'es souvent représentée ainsi : en train de te débattre. Pour votre couple, pour tracer ta route, pour tes enfants. Quand tes pouces remplissent des kilomètres de lignes, tu ne te débats plus. Tu poses les armes. Dans le bus ou le métro, à la médiathèque ou au parc, pendant que Vadim tape dans son ballon de foot avec les copains et que Romane fait le cochon pendu ou joue à la petite marchande sous le toboggan, tu égrènes ses mots partout. Des pages et des pages de notes. Tu as noirci des centaines de lignes de ses mots à lui. Pour garder une trace, tenter de les désamorcer, avec le pathétique espoir qu'ils aillent s'incruster ailleurs qu'en toi.

Les gens disent qu'ils l'ont échappé belle. Mais quand tu repenses à ce qui s'est passé il y a sept ans, tu as plutôt le sentiment de l'avoir échappé moche. Tu n'es pas sortie indemne de ta dépression. Ton mal, venu de loin, n'avait pas prévenu. Il avait pris son temps, comme le chante Barbara, s'était promené de rive en rive, la gueule en coin, puis s'était jeté sur toi, un matin. Tu venais de souffler tes trente-trois bougies, tu étais arrivée au ski, emmitouflée dans une longue écharpe de laine bleue, assortie à tes yeux cernés, avec une valise de vingt kilos et des pieds de plomb. Aurélien n'était pas là. C'était bien lui, ça, il avait voulu aller à Vars, parce que dévaler les pistes, « s'aérer », comme il disait, c'était chouette. Alors tu avais loué un studio, pris les billets de train, posé une semaine de congé, acheté de grosses chaussettes, préparé les masques, les moufles, les Moon Boot, les pantalons et les blousons de ski, traîné le petit et les gros sacs dans les escaliers du métro, puis jusqu'aux quais, et enfin attendu en tête de train, comme convenu. Mais

Aurélien avait eu trop de boulot et n'était pas venu. Il avait promis de vous rejoindre très vite. Toute ta joie gâchée. D'un coup. Un matin, donc, cela ne devait pas faire plus de soixante-douze heures que tu étais arrivée avec Vadim, tu n'as pas réussi à te lever. Tu en étais physiquement incapable. Clouée à ton lit, crucifiée au matelas.

Tu as fait plusieurs tentatives. Dos en compote, tête qui tourne, bras ballants, jambes flageolantes sur la moquette beige. Au troisième jour, quand tu as vu qu'il t'était toujours impossible de tenir debout, que le petit n'avait toujours pas chaussé ses skis, tu t'es rendue. Du fond de ton lit, tu as appelé le médecin, qui t'a signé un arrêt de travail d'une semaine, le premier de ta vie. Puis tu as téléphoné à la médiathèque en t'excusant plus bas que terre. Avec une voix que faisait trembler la honte, tu as expliqué la situation à ta chef qui ne comprenait absolument rien. Jamais un truc pareil ne t'était encore arrivé. Tu ignorais qu'il te faudrait rappeler le docteur et renouveler tes excuses pendant un mois. Pour le moment, tu tentais de gagner du temps. Un jour après l'autre seulement. Comment aurais-tu pu te douter que, pendant d'interminables semaines, la battante n'arriverait plus à se battre ? Impossible de travailler. Plus une goutte d'énergie. Réservoir vide. À sec. Jamais tu n'aurais pu imaginer que ce que tu aimais tant, et que tu faisais sans doute le mieux, lire, deviendrait au-dessus de tes forces.

Exactement comme dans la chanson : un matin, au réveil, c'était presque rien, mais c'était là. Il t'a fallu plusieurs semaines pour nommer ce qui s'était passé. C'est le psy que tu t'es résolue à aller consulter qui a prononcé le mot, celui-là même que tu as si souvent entendu au sujet de collègues de tous âges, rincés : dépression. Tu lui as su gré de ne pas parler de « burn-out », de ne pas céder à cette manie de cacher les choses qui secouent derrière des mots en anglais pour en atténuer la portée.

Après quinze jours alitée, il avait bien fallu se lever, habiller les enfants – non, à l'époque, tu n'en avais qu'un – habiller Vadim, lui donner le bain, prendre soin de lui avec la même tendresse dévouée, se demander ce que vous alliez manger, puis remplir le frigo, préparer les dîners. Et recommencer. « Vaille que vivre. » Se laver, tout bien organiser, dresser le menu pour la jeune fille, partir travailler, ne pas arriver en retard à l'heure des mamans, toujours pas rebaptisée depuis « l'heure des parents ». Tout ça, il fallait le faire, il n'y avait pas le choix. Alors tu l'as fait. Les courses, les fiches de lecture, les machines, les repas du dimanche, les devoirs de l'école : tu as tout fait. Même ton devoir conjugal, tu l'as fait. Mais sourire, non, tu ne pouvais pas. Tu n'y arrivais plus. Tu t'es traîné ton mal de vivre en bandoulière, comme un sac à main. Tu l'avais choisi grand, alors autant le remplir un max. Il était plein à craquer de ses insultes, de ton chagrin, de tes peurs, et pire encore de mille regrets. Tu te sentais misérable et malheureuse comme les pierres. C'était les « larmes aux paupières, au jour qui meurt, au jour qui vient ». Et tu avais souvent envie que le jour ne revienne pas.

Sous tes paupières closes, l'avertissement avait défilé en lettres capitales durant des nuits : « Il est absolument impossible de vivre sans oublier. » Cette citation de Nietzsche, tu avais beau l'avoir épinglée juste au-dessus de ton bureau à la médiathèque, bien avant ta dépression, tu n'as jamais rien oublié. Tu te souviens très bien de tout ce temps passé et perdu à guetter le bruit de sa clé rouge dans la serrure. Des lustres, des plombes, tu as attendu qu'Aurélien rentre pour partager le dîner que tu t'entêtais encore à préparer. Tu as attendu qu'il t'écoute, te regarde enfin, te parle sans t'aboyer dessus, s'occupe de son fils, et un peu aussi de la maison, se prenne en main, cesse de déverser sur toi toutes ses horreurs, réalise que tu travailles, comme lui, et que cela a tout autant de valeur, même si tu gagnes trois fois moins. À l'époque, tu mettais encore dans le même sac le partage des tâches et les mots, très gros, dont il t'assommait.

Mais l'été de tes trente-trois ans, celui qui suivit ta dépression, fut celui de trop. Le soir de votre arrivée en Croatie, tu n'as plus réussi à encaisser tous les noms d'oiseau qui s'abattaient sur toi et te coupaient les ailes. Il avait réservé un voilier. Les billets d'avion, le bateau, le skipper : tout ça vous avait coûté la peau du cul. La sienne, surtout. Mais te retrouver avec lui sur la mer, partager avec lui cette beauté-là, après toutes les insultes et toutes les abominations dont il t'avait encore accablée, tu ne pouvais pas. Il te fallait du bitume, du noir, du triste, du renfermé et de la solitude. Tu n'avais pas le courage de vivre ton malheur dans un cadre idyllique. Pour vous, l'idylle était terminée, enterrée. Rideau. Clap de fin. Le soleil qui tapait fort ne t'empêchait pas de garder ton sang-froid. Tu ne voulais pas de ces vacances qui commençaient. L'hôtel où vous deviez passer deux jours avant d'embarquer était drôlement joli. Et le lit de la chambre jaune, qui donnait sur la mer, immense. Mais tu n'avais aucune envie de défaire les valises. Alors, à la place, tu as vidé ton sac, et envoyé tout promener : les « je t'aime », les « toujours », les « jamais ». Valse des promesses périmées. Tu as annoncé à Aurélien que tu n'y arrivais plus. Que tu partais. Que tu ne voulais plus de lui. « Je ne veux plus de toi », lui as-tu lâché. Et aussitôt dans tes yeux a surgi le banc au soleil, sur lequel vous vous étiez juré de vous asseoir lorsque vous seriez trop vieux pour danser. Pauvre promesse piétinée, elle aussi. Tu as essayé de croire que cela n'était pas si grave. Seulement dommage.

Tu n'as pas oublié ce qui t'avait fait le plus mal, ce soir-là. La stridence du cri qu'Aurélien a poussé, quand il a compris que tu t'arrêtais là, que tu allais rentrer. Un cri de bête agonisante, qui n'en finissait plus. Un cri déchirant que tu ne sais pas décrire, mais qui est venu se loger en toi, comme une balle, et n'est jamais ressorti. Il venait de « se prendre un mur » en pleine face, c'est souvent ainsi qu'il l'a dit par la suite, et ne l'avait pas vu venir. Tu avais pourtant réagi, et tenté de le secouer, en vain, à chaque brique qui s'ajoutait. Tu n'as pas non plus réussi à faire disparaître de ta tête la couverture rêche et tachée. Tu te rappelles t'être dit que ce serait sans doute la dernière chose que vous partageriez : une couverture souillée. Et qui piquait, en prime. Vous vous étiez enroulés dedans parce que vous grelottiez, en plein été. Le chagrin donne froid, tu l'as réalisé ce jour-là.

C'est quand il s'est tu que les larmes sont venues. Aurélien a cessé de crier, puis s'est mis à pleurer et ce fut pire. Pleurer à n'en plus finir. Ça dégoulinait, suintait par tous les pores de sa peau, ne voulait pas s'arrêter. Pendant que ça coulait, tu regardais le plafond, et toute la nuit tu as scruté la fissure qui le déchirait. Tes yeux ont inlassablement fait l'aller-retour comme des longueurs de piscine. Aurélien avait ouvert les vannes. Ne pas se noyer. Combien de temps ça a duré ? Tu ne sais pas.

Tu as découvert qu'il avait dû sangloter longtemps, plié en chien de fusil, quand tu as vu que le jour avait chassé la nuit. Le son te parvenait, soudain. C'est comme si quelqu'un venait de rallumer les criquets. Un rayon, échappé du rideau, léchait le sol de la chambre. Tu as repoussé l'étoffe un peu plus loin sur la tringle. Essayé de le faire le plus doucement possible, pour retarder le moment que tu redoutais. Mais cela n'a servi à rien, cela n'a pas empêché le soleil de te mordre le visage. Et, les yeux plissés, tu t'es soudain souvenue de l'exaspérante douleur qu'il y a à se sentir mal quand il fait si beau dehors.

Quand le jour s'est levé sur l'idée que tu l'avais quitté, il a bien fallu assumer. Alors, avant de planter Aurélien, tu as refait le programme. Tu lui devais bien ça. Tu lui as conseillé d'aller chez ses parents, avec Vadim, en espérant qu'il y trouverait un peu de réconfort. Tu t'es obligée à ne pas penser à la gueule de sa mère quand elle ouvrirait la porte. Pas penser à sa bouche sur les joues de ton fils, et à ses doigts de sorcière dans ses cheveux. Pas penser aux réflexions de son père quand il aurait compris la situation. La situation, tu ne sais plus exactement comment tu l'as présentée à Vadim. Mais tu revois la scène. Hyper bien, dirait-il aujourd'hui. Tu l'as pris dans tes bras, serré fort contre toi, trop fort, tu as soulevé ses boucles blondes, collé ta bouche contre son oreille, et tout bas, tout doucement, en sniffant son cou qui sentait la sueur et encore un peu le bébé, tu as compté les dodos avant de se retrouver. C'était décousu, tout effiloché, mais tu as parlé, dit tous les mots que tu trouvais et d'autres à la place de ceux que tu ne trouvais pas, et puis tu lui as promis : tout allait s'arranger. Et puis ce fut le moment du dernier baiser, et de tous les derniers derniers. Bon ça y est, vas-y maintenant, tu vas le faire pleurer à la fin ! Aurélien s'impatientait. Pas le regarder. Se détourner. Pas pleurer. C'est toi qui l'avais voulu, non ? Tu n'as pas fait tes adieux à la Croatie, tu t'es cassée, et tu as pris l'avion pour Paris.

Paris était désert, en ce 15 août. Et tout était fermé. Devantures baissées, commerçants partis en congé. C'était le même mot partout, collé sur toutes les vitrines, celle de la boucherie, de la pharmacie et même des trois boulangeries. Il faisait un froid de gueux et il pleuvait des cordes. Mais ce temps de chien, c'était tant mieux. Plus besoin de lunettes de soleil pour cacher ton chagrin. Tu as ouvert la porte de l'appartement, impeccablement rangé, jeté ton sac dans l'entrée, allumé toutes les lumières, enfilé un pull, monté les radiateurs du salon à fond et descendu une bouteille de vodka. Tu aurais préféré du vin, mais y avait plus que ça. Tu te rappelles très bien avoir fait tous ces gestes, à peu près dans cet ordre-là. La clé qui a eu du mal à tourner dans la serrure, le plancher qui a gémi sous le poids du sac, la laine à même la peau, l'odeur du convecteur qui n'a pas fonctionné depuis longtemps, la brûlure de l'alcool dans ta gorge, la raideur du canapé sur lequel tu t'es effondrée, et plus tard, bien plus tard, la migraine, la tête près d'exploser. Peu t'importait. De toute façon, tu étais déjà fracassée.

C'était il y a sept ans déjà. Il avait fallu bricoler une nouvelle vie. Aurélien s'était installé à Vincennes, chez un de ses amis. Et vous avez improvisé un planning de garde qui n'alternait pas beaucoup. Impossible de te séparer de ton garçon de huit ans. Tu en étais physiquement incapable. Tu n'as pas oublié la douleur qui te terrassait chaque fois qu'il te fallait donner ton fils. Tu avais ce sentiment-là : devoir le donner, alors que c'était le tien. Tu n'as jamais oublié les traits de son visage chiffonné, après vos premières vacances sans son père. Tu avais emmené Vadim à Cabourg, dans l'espoir de vous changer les idées. Peut-on seulement se changer les idées quand on n'en a plus et que le cœur est un champ de ruines ? Changer ses idées comme on change de tenue, ou de disque. Vous aviez changé d'air, mais n'aviez rien changé, ni les idées ni le reste. Vous reveniez tout pareil. Le cœur lourd, la poitrine écrasée sous vos cris étouffés et le ventre gonflé de tous vos chagrins ravalés. Une toute petite voix, tassée au fond du siège auto, a gémi. Vadim t'a dit qu'il ne se sentait pas bien. Ce n'était pas à cause des bonbons que vous aviez achetés chez le confiseur. Tu as vu sa grimace et ta détresse dans le rétroviseur. Sa phrase est venue se cogner plusieurs fois contre le pare-brise. Elle t'a fait mal. Toi aussi tu avais le ventre en vrac, la tête en feu. Tu savais qu'aucun médicament ne ferait passer cette douleur-là et qu'elle ne vous lâcherait pas de sitôt. Il faudrait l'apprivoiser, essayer de lui donner la main, lui demander d'être sage et de se tenir plus tranquille.

Quand tu t'étais garée devant l'immeuble, Aurélien vous y attendait déjà. Ce soir-là, c'était lui qui s'occuperait de Vadim et dormirait avec lui, chez vous. C'était son tour. La rose blanche qu'il tenait à la main, tu n'as vu qu'elle, en sortant de la voiture. Tu peux encore très exactement décrire le ruban vert accroché au plastique qui l'enveloppait. Lorsque tu l'as ouverte chez Marie qui t'hébergeait un week-end sur deux, tu as détaché l'étiquette « Plaisir d'offrir », que l'on jette toujours à la poubelle sans jamais lui jeter le moindre regard.

Sans ce petit papier de rien du tout, cela ne t'aurait même pas effleuré l'esprit, tu n'aurais pas réalisé qu'Aurélien avait pris du plaisir à choisir cette rose et sans doute espéré t'en procurer un peu à toi aussi. Il n'avait accompli ce geste-là ni par habitude (le traditionnel bouquet du dimanche) ni pour en retirer une quelconque fierté. Il avait juste tenté de faire naître quelque chose en toi, qui ne voulais plus de lui. Car tu ne voulais plus rien. Ni lui parler, ni l'écouter, ni même le regarder. Il voulait savoir quand tu reviendrais. Comment lui répondre ? Tu l'ignorais toi-même. Tu n'étais même pas sûre que tu allais y arriver, à revenir. Cela faisait des semaines qu'il n'avait que cette question à la bouche. Dis, quand reviendras-tu ? Elle te sautait au visage, comme un chien, même quand il ne la posait pas. Il n'était donc plus que cela : un homme qui attend le retour de sa femme. Tu étais partie depuis si longtemps, de toute façon. Se doutait-il, un instant, que rester n'empêche pas de partir ?

Mais ce soir-là, il avait ravalé sa question. Tu voyais bien qu'elle lui brûlait les lèvres. Changement de stratégie. Aurélien refusait de lâcher l'affaire, comme on dit. Et avait chargé sa rose de t'en avertir. Tu t'étais piqué le doigt en la déballant. Il avait fallu une pince à épiler pour que Marie parvienne à te débarrasser de l'épine enfoncée dans ton index. Mais elle était restée plantée à jamais dans le kaléidoscope de tes souvenirs.

L'hiver s'épuisait doucement. Tes forces aussi. Tant de semaines passées à t'interroger, à hésiter, à pleurer. Un matin, tu as séché tes larmes au soleil qui perçait enfin. Cela faisait quelque temps, déjà, que tu opposais moins de résistance à Aurélien. Tu ne refusais plus avec autant de véhémence de lui parler. Tu acceptais de l'écouter et même de le regarder. Ton armure commençait à se fendiller doucement. Une hésitation avait poussé en toi avec le printemps. Tu l'avais crue imperceptible. Tu te trompais. Aurélien avait décelé une possibilité, une faille. L'interstice n'était pas large, mais il avait décidé de s'y immiscer. Et l'époux éconduit avait finalement eu une ouverture avec sa femme. Il a joué les princes charmants, acheté un scooter et pris les devants en te faisant grimper à l'arrière de sa monture. Alors tu t'es accrochée. Des coupes de champagne ont jailli d'une couverture, puis il t'a emmenée boire des coups dans des bars sans devanture. Il a improvisé des promenades dans les jardins refleuris et des déambulations dans les rues de Paris. Tout cela t'a sans doute donné le tournis. Au pied de la

Butte-aux-Cailles, tu as cru apercevoir votre banc au soleil, celui-là même sur lequel vous vous étiez promis de vous reposer lorsque vous seriez trop fatigués pour danser. Tu y as vu un signe. Alors tu as enfin écouté Nietzsche. Oublié les griefs et étouffé les insultes.

Pourquoi étais-tu revenue ? Parce que tu étais fatiguée, et que tu avais eu envie d'y croire. À cause de Barbara et de sa foutue chanson. Parce que tu as toujours su que le temps perdu ne se rattrape plus. À cause de Proust aussi et de son fichu *Temps retrouvé*. L'expérience du pavé, toi tu l'as faite en descendant de voiture. Tu revois la scène comme si c'était hier. Tu ne sais plus d'où tu revenais. En tout cas, tu sais que c'est en posant le pied sur la chaussée pour confier ton fils à son père que cela t'a saisie. Que tout est revenu, vos débuts, et tout ce qui chez lui t'avait immédiatement plu.

La Peugeot 205 blanche, cabossée sur l'aile gauche, dans laquelle il venait te chercher, avec la médaille de Saint-Christophe héritée de son grand-père paternel, sur le tableau de bord, les sièges laineux qui grattent les fesses en été, les fenêtres qu'on a du mal à remonter à la main sans s'y prendre à deux fois au moins, et la portière qu'il venait toujours t'ouvrir avant de monter. Tu n'as jamais su pourquoi cette vieille voiture, partie à la casse depuis, t'avait émue. Sans doute parce qu'elle sauvait du cliché ce garçon d'un mètre quatre-vingt-dix, avec ses yeux fendus, sa blondeur, ses dents du bonheur et ses canines qui avaient oublié de pousser. Sur le coup tu avais pensé que sa bagnole et lui n'étaient pas du tout assortis. Après, tu avais compris que si, justement. Il était galant, brillant, précoce. Il avait passé son enfance à Hong Kong, grandi sur la péninsule de Kowloon, qu'il t'a fait visiter des années plus tard. Il parlait donc l'anglais parfaitement, et le cantonais aussi, même s'il se désolait de ne plus si bien le maîtriser. Il avait étudié au lycée français, avant de faire ses études d'ingénieur à Paris. Le soir où tu l'avais rencontré, il venait d'être embauché par un cabinet de conseil et de signer le bail de son studio alors que tout le monde commençait à peine la fac et vivait encore chez papa-maman. Aux soirées, c'était toujours lui qui cuisinait. Des plats délicieux. Pas du tout les mêmes que ceux qu'on préparait chez toi. Des salades de crevettes au pamplemousse et à la cacahuète, du canard ou des brochettes de bœuf et de poulet au satay accompagnées d'une sauce au lait de coco. D'ailleurs, c'est derrière les fourneaux que tu l'as vu pour la toute première fois. Tu te souviens de son air concentré et de son tablier immaculé. À ce moment-là, rien d'autre n'avait plus d'importance pour lui que cette mayonnaise au curry qui ne voulait pas prendre. L'ami chez qui vous dîniez ne possédait aucun ustensile adéquat, alors il bidouillait comme il pouvait et transpirait pas mal. Assise au bar, tu le regardais faire, épatée. Sourire en coin. Chez toi, un garçon, ça sait juste vider le lave-vaisselle. Et encore, en claquant les assiettes. Au moment de passer à table, il a fait réchauffer le riz au micro-ondes, après l'avoir recouvert d'un sopalin mouillé pour ne pas l'assécher. A lavé ses mains, les a essuyées sur un torchon rayé et non sur son tablier, puis s'est enfin présenté en s'excusant de ne pas t'avoir accordé plus tôt toute l'attention que tu méritais. Quand le four a sonné, il t'avait déjà ferrée. En dix minutes, c'était fait. Mais il a mis du temps à se déclarer. Ce n'est que bien plus tard que tu avais découvert qu'il écoutait du bon son, mixait le week-end et avait traîné son sac à dos dans les aéroports du monde entier où il s'endormait en attendant le premier avion pour Paris. Des comme ça, tu n'en avais encore jamais croisé. Tu l'avais trouvé sexy, intéressant, différent. Exotique. Le baiser furtif qu'il avait posé sur tes lèvres, en fin de soirée, avait eu un goût de trop peu. Mais tu avais préféré jouer les Cendrillon et rentrer chez toi à minuit histoire de pouvoir te remettre à travailler deux heures avant de te coucher. Plus tard, quand tu lui avais dit que tu avais loupé ta première année, que tu ne pouvais plus te permettre le moindre écart et n'avais malheureusement pas de temps à lui consacrer ni cette semaine ni les suivantes, il t'avait répondu « je t'attendrai ». Et il l'avait fait. Un matin, en t'apportant une tasse de café au lit, il t'avait promis de te faire des enfants qui courraient tout nus dans le jardin. Tu n'y croyais pas, mais il l'avait fait aussi.

Derrière le panneau de la place des Fêtes : c'est là qu'Aurélien t'a vraiment embrassée pour la première fois. Ça ne s'invente pas. L'épiphanie qui a suivi non plus. À moins qu'elle ne découle de la toponymie. Qui sait ? Cette fois, son baiser a eu un goût anisé. Vos lèvres sont restées collées. Plus tard, tu as découvert qu'il enchaînait les Fisherman's toute la journée.

En descendant de voiture ce matin-là, tu as aussi revu les hauteurs de Belleville et votre premier rendez-vous. Un lieu neuf, vierge de tout puisque tu ne traînes jamais dans ce quartier. Vous avez pris un verre, de rosé pour lui, de blanc pour toi, puis un deuxième, peut-être même un troisième, tu ne te souviens pas. En tout cas tu n'es pas saoule. À peine grisée. Mais ton cœur bat fort. Il te semble l'entendre à travers ton débardeur. Aurélien se place face à toi, puis se lève, et s'installe sur la chaise voisine qu'il rapproche de la tienne. Avec élégance (ou pudeur ?), il feint d'avoir le soleil dans les yeux. C'est un prétexte, tu le sais, tu l'as deviné déjà, qu'il avance sans y croire lui-même, mais qu'il prend la peine d'inventer parce qu'il ne peut pas t'avouer, c'est bien trop tôt, qu'il veut s'asseoir à tes côtés, se tenir au plus près de ton désir. Et peut-être même l'agacer en frôlant négligemment ton bras.

Sous la table, sa cuisse effleure la tienne avec l'air de ne pas y toucher. Au troisième verre, à moins que ce ne soit seulement le deuxième, tu décrètes que tu dois y aller. Tes amis t'attendent pour dîner. « Où ? » te demande-t-il. Tu n'as pas le temps de préciser qu'ils vivent dans une tour de la place des Fêtes qu'Aurélien suggère déjà de t'accompagner. Sa proposition n'en est pas une. Il ne te laisse pas le choix : il vient avec toi. De toute façon, vous avez aussi peu envie l'un que l'autre de vous quitter. Il porte un pantalon gris, une chemise et des baskets assorties. Tu te souviens d'avoir remarqué qu'il te plaisait moins ainsi, que tu le préférais en jean.

Dans la rue qui monte vers la place des Fêtes, Aurélien a un bon mètre d'avance sur toi et ne fait pas semblant de ralentir pour te permettre de le rejoindre. Tu te demandes pourquoi, tout en remarquant qu'aujourd'hui encore il fait ça. Il n'arrive toujours pas à marcher à ta hauteur. Avec le recul, tu penses qu'avancer si vite, c'est sa façon à lui de calmer ses ardeurs. À l'époque, tu ignorais encore que ses longues jambes le privaient de lenteur. Il presse le pas, un peu plus encore. Comme toi, il sait ce qui vous attend, au bout du chemin : votre premier baiser. Ce baiser, vous en avez déjà envie, mais il faudra que vous soyez arrivés à destination, que vous n'ayez plus d'autre solution que de vous le donner, là, maintenant, qu'il n'y ait plus aucune échappatoire possible, pour que vous l'osiez enfin, morts de désir et empêtrés de gêne, à moins que ce ne soit plutôt l'inverse, empêtrés de désir et morts de gêne. Ce baiser qui va bientôt éclater prend toute la place dans vos esprits échauffés, et encombre la rue escarpée que vous grimpez, le souffle court. Il va vite, toi doucement, comme pour retarder ce que l'un et l'autre vous savez inexorable.

Il y a sept ans donc, quand tu es descendue de voiture, que tu as posé le pied sur la chaussée pavée, la phrase du *Temps retrouvé* t'es revenue : « Mais c'est quelquefois au moment où tout nous semble perdu que l'avertissement arrive qui peut nous sauver. » Pour toi, l'avertissement a jailli d'un vêtement. Tes doutes s'en sont trouvés « levés comme par enchantement ». Car tu as soudain eu peur. Qu'Aurélien cesse de t'attendre. Qu'une fille te le pique. Tu te souviens te l'être très exactement dit ainsi : Tu vas te le faire piquer, ma vieille. À cause de ses cheveux lavés de frais qui bouclaient joliment. De son air triste, qui le rendait étonnamment séduisant. Il étrennait un blouson en cuir noir que tu ne lui connaissais pas et un jean brut qui moulait son cul à merveille. Tu as pensé qu'il avait dû payer tout ça une fortune. C'est à cause du perfecto et du slim que tu as flippé. Cela faisait des lustres qu'il ne s'était pas acheté de fringues. À part des costumes bleu marine et des chemises blanches. Dans ce jean et ce perf' qui lui allaient si bien, tu as vu un danger. Il ne faisait jamais les choses à moitié. Alors, s'il avait pris la peine d'écumer les rayons des grands magasins, s'il avait trouvé le courage d'enfiler vingt-sept futes en cabine avant de mettre la main sur celui qui lui seyait parfaitement, alors même qu'il n'exécrait rien tant que faire les boutiques, c'est bien qu'il comptait passer à autre chose. Quelques mois plus tard, il t'a confié que non, pas du tout, ou plutôt que si, mais c'était toi qu'il avait voulu reconquérir en s'achetant une panoplie de beau gosse. Ça n'avait pas loupé. Tu l'avais trouvé à tomber. À la crainte de te voir détrônée s'ajoutait subitement l'angoisse qu'il aille se réchauffer à un autre soleil. Tu avais passé cette chanson assez souvent à fond et en boucle à la maison pour qu'il la connaisse par cœur, lui aussi. Tu es revenue à cause d'un jean qui épousait parfaitement son cul.

C'en était fini de la guerre, celle que tout le monde ou presque se fait devant les enfants. Celle qui parle d'argent, d'avocat et de planning de garde. Celle qui pue la rancœur et les regrets. Après la Toussaint, Aurélien semblait apaisé. Il t'avait invitée à dîner et avait juré qu'il avait changé, que sa thérapie lui avait fait du bien, qu'il parvenait enfin à se dominer, alors tu avais accepté d'essayer encore. Une dernière fois.

Et tu as tout recommencé. À zéro ou presque. Il a fallu réinitialiser votre histoire. Archiver les photos, partager les clichés pris l'un sans l'autre. Tu ne sais pas pour lui, mais toi, tu as dû faire le tri. Dans ton téléphone comme dans ta vie. Tu as effacé les messages romantiques, et pour certains même érotiques, tu as trié tes contacts, en supprimant tous ceux qui ne t'avaient pas soutenue durant ces mois de séparation.

La tempête, et puis le calme. L'un et l'autre, vous avez repris vos esprits. L'un après l'autre, plutôt. Lui d'abord, et toi un peu après. Vous avez enterré la hache de guerre en la recouvrant d'un max de terre. Sans Aurélien, vous n'en auriez pas été là. C'est doublement vrai : tu l'avais quitté, il t'avait rattrapée. C'est à cause de lui que vous vous étiez séparés, mais aussi grâce à lui que vous aviez réussi à reprendre là où tu avais voulu, toi, que votre histoire s'arrête. Si tu n'avais pas eu avec lui un fils de huit ans, tu n'aurais pas fait tant d'efforts. Tu l'as souvent dit. Tu aurais laissé tomber. Tu l'aurais laissé tomber comme il l'avait fait avec toi, tu l'aurais remplacé. Par un autre homme tout neuf, tout frais, sans passé. Avec qui tout aurait recommencé. Mais Aurélien s'était accroché, alors tu ne l'avais pas fait. Tu es revenue. Ou restée ? Finalement, tu ne sais plus. Tu es là, voilà tout. Tu aurais pu refaire ta vie, avec un autre, comme on dit. Mais tu as préféré la refaire avec le même.

Alors ta vie avait changé du jour au lendemain. Ton existence n'avait plus eu grand-chose à voir avec celle d'avant. Plus rien du tout, même. Tu as longtemps cherché le mot qui dirait avec le plus de justesse possible ce qui avait eu lieu, la façon dont votre vie s'était transformée, le sens nouveau, la signification et la direction inédites qu'elle avait pris. Le mot qui traduit le mieux tout ça, c'est celui qu'Aurélien a prononcé, un matin, à l'heure des tartines. Tu terminais ton bol de thé dans la cuisine, il t'a tendu le verre de vitamine C qu'il venait de te préparer, a planté ses yeux verts dans les tiens et déclaré plus qu'il ne l'a dit : « Tu es désormais ma priorité. » Sa voix avait le ton emprunté que prennent les chefs d'État lors des discours officiels. Tu as eu l'impression qu'il demandait ta main une seconde fois.

Plus tard, autour d'un verre entre filles, tu as essayé d'expliquer à Marie ce qui s'était passé. Tu voulais qu'elle comprenne bien la métamorphose qui s'était opérée. Alors, tu as tenté une comparaison. Finalement, avant, quand tu faisais une fausse couche (tu en avais tout de même fait trois), il restait au bureau parce que de toute façon venir n'allait rien changer et qu'il avait des propositions urgentes à envoyer. Alors qu'aujourd'hui, s'il t'arrivait la moindre bricole, si par exemple tu te tordais bêtement la cheville, ou si tu crevais ton pneu de vélo, il planterait son client pour te rejoindre aussitôt. Alors que tu ne lui aurais rien demandé. Bref, tu avais fini par devenir celle qui compte plus que tout. Passe avant toute chose et avant tout le monde. Quoi qu'il arrive. « Mieux vaut tard que jamais », avait conclu Marie dans un éclat de rire qui avait secoué sa tignasse rousse. Marie fait chier avec ses proverbes qu'elle glisse dans toutes les discussions. Mais ce coup-ci, elle avait raison.

Ça allait beaucoup mieux. Alors tu as réduit le nombre de séances chez ton psy à une fois par semaine, tandis qu'Aurélien a continué de consulter le sien pour sa violence. « Aux grands maux les grands remèdes. » Un soir, tu as profité d'un moment de calme, en tête à tête, pour l'interroger. Tu lui as demandé s'il avait compris d'où venait le mal dont tu souffrais autant que lui, s'il avait trouvé comment le nommer, ou réussi à identifier les raisons cachées derrière toutes ses insanités. Mais « non, désolé, je ne peux pas te dire », avait-il avoué, paumes de main tournées vers le plafond, en guise de pardon.

Les premiers temps, lorsque tu t'arrêtais cinq minutes de courir entre l'école et la médiathèque, le parc et le marché, lorsque tu te mettais à réfléchir à tout ça, tes yeux pleuraient.

Tout seuls. Tu avais l'impression d'halluciner. De percevoir des choses irréelles. Comparer ta vie à celle d'autrefois aurait pu de nouveau te donner le vertige. Tu n'en revenais toujours pas, du chemin qu'Aurélien et toi aviez parcouru. Lui qui ne connaissait rien à la vie de la maison était désormais au courant de tout. Lui qui n'avait jamais rempli le frigo partait faire les courses avant qu'il ne soit vide. Lui qui, jadis, se révélait incapable de programmer quoi que ce soit réclamait les dates de vacances scolaires trois mois à l'avance. Lui qui, naguère, ne pouvait absolument pas se libérer allait maintenant chercher Vadim à l'école à 4 heures et demie tous les mardis pour le conduire au foot et l'accompagnait aussi à son cours de piano du mercredi matin. Quand il rentrait tard, le soir, désormais il te prévenait. Mais cela restait rare, de toute façon. Bosser ne l'intéressait plus tant que ça. Il te regardait enfin et ne voyait plus que toi. Tu n'arrivais pas à y croire.

Et surtout, il te disait que tu étais belle. Te le disait tout le temps, pas seulement en baisant. Te le disait avant de partir, le matin, quand il plaquait sur ta bouche un baiser qui sentait le dentifrice et le café, et te le répétait en rentrant le soir. Tu étais belle du matin au soir et du soir au matin ! Tu ne l'avais jamais entendu prononcer cet adjectif-là avant. S'il s'était agi d'un enfant, on aurait dit qu'il avait appris des mots nouveaux, on se serait émerveillé devant l'enrichissement de son vocabulaire. Aurélien parlait une langue étrangère. Même le ton de sa voix n'était plus le même. Disparus comme par magie, les insultes et le mépris ! Comment tout cela était-il advenu ? Longtemps cela t'a semblé relever du miracle.

Tu te souviens de ce jour de mai. Il flottait comme un air de récré. Aurélien avait proposé de profiter de son congrès à New York pour greffer trois jours rien qu'à deux. Comme il avait déjà son billet d'avion et que tu avais pris le tien après, vous ne vous retrouviez pas assis côte à côte. Vous avez demandé à plusieurs personnes si elles acceptaient de changer de place, mais non, désolé, trop compliqué. Et comme l'hôtesse, très occupée, ne cherchait pas de solution, vous avez fini par renoncer. Cela ne vous chagrinait pas plus que ça. Tu trouvais même un certain charme à la situation. Une rangée vous séparait, vous pouviez vous voir. Vous regarder, mais pas vous parler. Cela te rappelait les années lycée. Faire circuler des mots dans la classe, au nez et à la barbe des enseignants, t'excitait follement.

Cela faisait plusieurs jours que tu voulais l'annoncer à Aurélien, sans jamais trouver le moment. Tu te découvrais une timidité que tu ne te connaissais pas. Mais plus rien ne t'étonnait. Bizarrement, c'est dans cet avion, coincée entre le hublot et ton voisin qui ne sentait pas bon, que tu as ressenti l'urgence de le lui dire. Tu as fouillé dans ton sac à main en quête d'un stylo, rédigé deux lignes sans les relire, replié le papier blanc en quatre puis inscrit le prénom d'Aurélien dessus. Tu l'as désigné au monsieur installé à côté de toi et lui as demandé s'il voulait bien le lui faire passer. Il s'est exécuté, a donné le message à la dame habillée en blanc de l'autre côté de la rangée, qui l'a confié elle-même à un ado encapuchonné forcé de mettre en pause son jeu vidéo, et ton mot a enfin atterri entre les mains d'Aurélien. Il ne lui a pas fallu longtemps pour le déchiffrer. Tu ne le quittais pas des yeux. Tu aurais voulu repousser la mèche blonde qui masquait son visage, incliné sur le message. Mais il avait déjà terminé de le lire et se redressait. Tu n'oublieras jamais la tête qu'il a faite. Une larme roulait le long de sa joue. Et c'est la même qui coulait sur la tienne, huit mois plus tard, quand Romane est née.

Tu avais arrêté de prendre la pilule un 25 décembre, tu t'en souviens très bien. C'était le cadeau que tu te faisais pour Noël. Tu es tombée enceinte en avril, et le 18 janvier de l'année suivante Romane était là. Elle est née un jour de neige. Paris n'en avait pas vu autant depuis douze ans. Un heureux présage. D'entrée de jeu, ta fille n'a rien fait comme tout le monde. À commencer par ses nuits. Elle a dormi d'une traite, dès le premier jour de sa vie. Tu n'en revenais pas. Ça ne pouvait pas durer, une chose pareille ! Plusieurs fois, au retour de la maternité, tu t'es réveillée à 2 heures, 3 heures, puis 4 heures du matin, prête à lui donner le biberon. Mais non. Romane ne le buvait pas avant 9 heures. La vie recommençait, et bien. Avec un petit garçon adorable et un bébé qui avait la délicatesse de vous éviter les nuits sans sommeil, les cernes, l'épuisement et l'énervement qui gâchent bêtement la joie des premiers mois. Tu n'as jamais voulu dire que vous étiez heureux.

À cause de Léo Ferré. Tu avais peur que le bonheur soit vraiment du chagrin qui se repose.

Il canalisait enfin ses colères. Alors tu as cru que vous vous étiez définitivement débarrassés de la violence, que vous l'aviez bannie pour toujours de votre existence. Tu ignorais qu'on ne réussit jamais vraiment à s'en dépêtrer. Tu ne savais pas qu'elle peut se mettre en veilleuse, en sourdine, se planquer dans un coin de la maison, rester tapie dans l'ombre ou sous le paillasson pour mieux resurgir le moment venu, et nous sauter dessus quand on s'y attend le moins. Aujourd'hui, tu repenses à cette expression à la con, que Marie n'a pas osé te sortir lorsque tout a recommencé à dérailler : quand on la chasse par la porte, elle revient par la fenêtre.

Deuxième partie

« Il a foutu le camp,
Le temps du lilas,
Le temps de la rose offerte. »

Barbara,
Le Temps du lilas

Et puis il y a eu ce samedi matin de septembre qui ressemblait à tous les autres. Tu ne savais pas encore que ce serait le dernier, que tout allait s'écrouler. Tu te revois ouvrir ton lit à la petite, encore tout engourdie de sommeil, qui vient se blottir contre toi avec son lapin. Elle a la figure froissée, les cheveux en broussaille et sur la peau ce parfum laiteux de l'enfance qui s'éternise encore un peu. 7 h 45 seulement. Tu t'accordes quelques minutes de plus sous la couette. C'est samedi, quand même. Le doudou de Romane pue la bave, tu te promets de le laver demain, sans faute, en rentrant de Cabourg. Tu chasses le pigeon perché sur le rebord de la fenêtre de la cuisine puis sors la bouteille de lait entier au bouchon rouge que tu achètes depuis que le docteur t'a expliqué que c'est bien meilleur pour la santé. Il n'en reste plus assez pour remplir le bol jusqu'en haut comme l'aime Romane, alors tu te hisses sur la pointe des pieds pour attraper une nouvelle bouteille dans la niche cachée au-dessus du frigo. Puis tu prépares l'assiette de Vadim, son jus de pomme dans un verre, le yaourt « La laitière » que tu ouvres sans te couper, le pot de miel et la cuillère à côté. Tu glisses deux tranches de brioche dans le grille-pain avant de les beurrer et d'ajouter de la confiture de framboise sur l'une d'elles seulement. Les gestes du matin s'accomplissent tout seuls, presque à ton insu. Au bruit que fait le chauffe-eau en s'allumant, tu comprends qu'Aurélien a filé sous la douche. Tu vas réveiller Vadim d'un baiser. Mais, même pour aller passer le week-end en Normandie, il a du mal à sortir du lit. Alors tu finis par lui arracher ses draps, seul moyen pour qu'il se lève enfin. Tu lui prépares ses vêtements et tant pis s'il a passé l'âge, tu t'en fous royalement. Tu lui demandes de te rejoindre à la cuisine. La petite, qui a fini son chocolat chaud, s'habille pendant qu'Aurélien commence à descendre les sacs. Tu choisis dans ton placard un jean et un tee-shirt blanc. Ils ont annoncé du beau temps ! Un peu de parfum sous les cheveux, un coup de mascara, et voilà : tout le monde est prêt, on s'en va ! Tu fermes la porte sur la tiédeur et l'insouciance du matin, sans te douter qu'il n'en restera plus rien le lendemain.

La violence d'Aurélien est revenue. Par la fenêtre, peut-être bien. C'est une surprise qui te foudroie.

Depuis l'épisode des miettes, ses mots te fauchent comme une gifle. T'écorchent et t'humilient. Sa main ne se lève pas, mais de sa bouche les torgnoles tombent de nouveau. Et c'est une claque au cœur, chaque fois.

Tu tournes le thermostat de la douche à fond. Mais cela ne suffit pas. Ça fait des jours que tu as froid. Il y a en toi quelque chose de glacé que rien ne parvient à réchauffer. Et dans ta tête, la phrase assassine qui a tué tes pauvres rêves de paix et de petits bonheurs tranquilles n'en finit plus de tourner. « Ferme ta gueule une bonne fois pour toutes, connasse, si tu veux pas que je la réduise en miettes. » Fermetagueuleunebonnefoispourtoutesconnassesituveuxpasquejelaréduiseenmiettesfermetagueuleunebonnefoispourtoutesconnassesituveuxpasquejelaréduiseenmiettesfermetagueuleunebonnefoispourtoutesconnassesituveuxpasquejelaréduiseenmiettesfermetagueuleunebonne-

foispourtoutesconnassesituveuxpasquejelaréd-
uiseenmiettesfermetagueuleunebonnefoispour-
toutesconnassesituveuxpasquejelaréduiseen-
miettesfermetagueuleunebonnefoispourtoutes-
connassesituveuxpasquejelaréduiseenmiettesfer-
metagueuleunebonnefoispourtoutesconnassesi-
tuveuxpasquejelaréduiseenmiettesfermetagueu-
leunebonnefoispourtoutesconnassesituveux-
pasquejelaréduiseenmiettesfermetagueuleune-
bonnefoispourtoutesconnassesituveuxpasque-
jelaréduiseenmiettesfermetaguculeunebonne-
foispourtoutesconnassesituveuxpasquejelaré-
duiseenmiettesfermetagueuleunebonnefoispour-
toutesconnassesituveuxpasquejelaréduiseen-
miettesfermetagueuleunebonnefoispourtoutes-
connassesituveuxspasquejelaréduiseenmiettes-
fermetagueuleunebonnefoispourtoutesconnasse-
situveuxpasquejelaréduiseenmiettes

C'est une danse furieuse et déchaînée, un pogo qui ne veut pas s'arrêter. Te voilà redevenue la chienne qu'il faut museler, la connasse qui n'a pas le droit de l'ouvrir et que l'on menace de frapper si elle ne se décide pas à la fermer. À moins que tu n'aies jamais cessé de l'être ? Oui, au fond, tu n'as peut-être toujours été que ça : une connasse qui s'en prend plein la gueule. La femme d'un mec violent qui réussit à la casser sans la taper. L'épouse d'un homme parfait au-dehors mais moche au-dedans. Qui n'explose jamais en public, mais s'arrange toujours pour en faire profiter les enfants. Ce serait vraiment dommage qu'ils ratent le spectacle ! En perdent une miette, justement. Tu ne sais pas ce qui te fait le plus mal : sa violence ou ta bêtise. Et toi qui pensais que ça ne recommencerait plus jamais ! Il a raison, t'es vraiment qu'une pauvre conne.

Quel gâchis ! Quel gâchis ! C'est le mot « gâchis » qui prend maintenant toute la place dans ta tête. Et tu t'étonnes que ce soit celui-là qui te fasse craquer. Tu t'aperçois soudain que tu sanglotes. À moins que cela ne fasse déjà un moment que tes larmes ruissellent. Le chagrin que tu t'efforces d'étouffer depuis des semaines explose enfin. Et c'est une délivrance. Alors tu ne retiens rien. Tu laisses tout couler : l'humiliation, la colère, la rage, le désespoir, la peur, la honte, l'épuisement. Tout ça tombe sur le sol glissant. Cela faisait longtemps que tu n'avais pas chialé. Très longtemps, même. Sous la douche, c'est permis, disait ta mère, parce que cela ne se voit pas. Et tu n'as pas besoin d'essuyer tes larmes.

Il y a une buée de dingue sur la porte en verre, mais plus aucune trace de mousse sur le carrelage. L'eau brûlante qui trempe tes cheveux, parfaitement rincés depuis le temps, a tout emporté : le savon, le shampoing et le démêlant. Tu voudrais qu'elle noie aussi cette violence qui ne vous lâchera donc jamais. Il faut te redresser. Tu n'es pas une connasse qui va se laisser réduire la gueule en miettes. Tu ne peux plus garder tout ça pour toi comme tu l'as fait jusqu'à présent. Il faut arrêter de toujours tout enfouir. Tu as voulu faire comme Chow, dans *In the Mood for Love*, le film de Wong Kar-wai : aller dans la montagne, creuser un trou dans le tronc d'un arbre, y déposer ton secret puis le recouvrir de terre pour le sceller à jamais. Mais le temps est venu de le déterrer. Il faut que tu parles à Marie. Oui, c'est exactement ce que tu vas faire, l'appeler, la retrouver au troquet et lui parler. Pour de vrai. Sans peur, sans pudeur. Tu vas lui dire, enfin. Hein ? Non, en fait tu n'es pas sûre d'y arriver. Dehors, dans les rues, aux terrasses des cafés et dans les salles de concert, des bombes explosent. Des vraies. Et des gens tombent. Qui ne se relèveront jamais. Des balles de kalachnikov ricochent et tuent. Alors quoi ? Les tirs qui éclatent chez toi te semblent si pathétiques. Tu l'as dit l'autre soir, à Vadim qui pleurait sur son sort pour une histoire idiote, parce que, après trois mauvaises notes, le prof d'anglais l'avait collé le mercredi après-midi alors qu'il devait jouer un match de foot hyper important. « Allez, c'est bon, maintenant. Arrête de pleurnicher comme ça, ton père n'est pas mort au Bataclan ! » La phrase est sortie toute seule. Avant même que tu aies eu conscience de la formuler. Les autres parents ne parlent sûrement pas comme ça à leurs enfants... Mais ta mère t'a toujours interdit de geindre et c'est sans doute ce qu'elle a fait de mieux. C'est vrai pour toi aussi : ton mari n'est pas mort au Bataclan. Alors relativise un peu. Et secoue-toi. La douleur s'aplanit, se nivelle. N'y aurait-il pas une forme d'indécence à dire maintenant ce que tu n'as jamais osé ?

Aurélien éteint le réveil et tu comprends, à sa tête, qu'il n'a pas fermé l'œil de la nuit. Ça t'agace. Pourquoi il l'a laissé sonner alors, s'il ne dormait pas ? Puis tu réalises qu'il a l'air complètement hagard. « J'aurai réussi à me tenir sept ans, pas plus, je suis désolé », jette-t-il. Comme une bouteille à la mer. Ce deuxième aveu te cueille. Il y a tant d'impuissance dans sa voix. La détresse que tu lis dans ses yeux fait piquer les tiens. Tu voudrais le prendre dans tes bras, tu en as envie, mais tu te retiens. Non. Ce serait bien que ça, au moins, cela ne recommence pas.

Tu t'es à peine redressée qu'il se met à parler. Comme s'il n'avait attendu que ça jusqu'au petit matin : que tu te réveilles pour t'annoncer le chiffre, comme un verdict. Sept ans. Comme s'il avait compté et recompté, toute la nuit, les jours, les semaines, les mois et les années écoulés depuis ses dernières insanités. Assis sur le lit, ses longs bras enroulés autour des genoux, il a une tête d'outre-tombe. Le regard vitreux et le teint pâle. La mine du désespoir. Il cache ses mains dans les manches du tee-shirt tunisien que tu lui as offert à l'époque de la place des Fêtes et qu'il continue de porter la nuit, malgré les trous de mites, et ça t'émeut. Tu te demandes si sa détresse te ravage autant que sa violence.

La cicatrice sur sa tempe droite. Le grain de beauté planté en dessous du nez et l'autre caché sous ses cheveux blonds sur lequel tu aimes passer et repasser le pouce. Ses cils de fille. Les trois poils qui se battent en duel sur son torse imberbe. Ses fesses musclées. Et la douceur de son sexe circoncis, légèrement courbé quand il bande. Son corps a moins de secrets pour toi que sa tête. Elle reste un mystère, elle.

Mais pourquoi dit-il tout ça ? Tu ne sais toujours pas. Tu as demandé au psy comment appeler sa maladie, mais il a refusé que tu te réfugies derrière des mots prêts à l'emploi. La seule solution, a-t-il dit, c'est qu'il fasse un travail sur lui. De son côté. Tout seul, comme un grand. Cela ne t'a pas empêchée de chercher. Sur Internet, tu as tout tapé. Tu as googlé « pervers narcissique », « troubles bipolaires » et « syndrome Gilles de la Tourette ». Tu as d'abord pensé à des problèmes neurologiques, puis héréditaires. Et maintes fois, tu as voulu tout mettre sur le dos de sa mère qui lui parle si mal. Mais même si tout était vraiment de sa faute, à elle, ça changerait quoi ?

Ce garçon que tu as aimé si fort, et que tu voudrais aimer encore, ce garçon que tu rêves de sauver alors qu'il te détruit fait naître en toi une tendresse désolée. Ce n'est pas ton Aurélien qui se tient là, qui ne tient plus et auquel tu tiens tant, malgré tout. C'est un homme perdu. Un alcoolique repenti, désespéré d'avoir sifflé la bouteille après des années d'abstinence. Pour vous aussi, l'abstinence, c'est fini. Tant d'efforts pour rien, alors ?

Ça n'aura donc duré que sept ans. Sept ans.

C'est quoi, sept ans ?

La durée du mandat d'un président, moins deux ans maintenant.

Sept ans, c'est l'âge de Romane.

Sept ans seulement. Quand Aurélien est parti conduire les enfants à l'école, tu as voulu compter, toi aussi. Sur la calculette du téléphone, tu as cherché : sept ans, ça fait 2 555 jours, 61 320 heures, 3 679 200 minutes, 220 752 000 secondes.

Sept ans, c'est beaucoup. Mais ce n'est pas assez. Et toi qui croyais qu'il était guéri pour toujours ! C'est vraiment trop bête. Tellement dommage, surtout. Soudain la déception te coupe le souffle. Tu as le cœur lourd de tous ces rêves piétinés. Est-ce qu'il n'aurait pas mieux valu savoir que tout allait s'arrêter ? Et que sept ans plus tard tout recommencerait. Savoir d'entrée de jeu que ça ne durerait pas. Que le chagrin ne fait finalement toujours que se reposer ?

Quand on entre en prison, au moins, on sait. On sait combien on a pris et on prie pour obtenir une remise de peine. Soudain tu réalises que ta peine à toi, quelqu'un l'a remisée. Au fond de son jardin, dans son garage ou son hangar, va savoir. Pendant sept ans, quelqu'un a patiemment pris soin de ta peine, l'a nourrie et gardée bien au chaud, puis te l'a rendue en pleine forme alors que tu rêvais de t'en débarrasser définitivement.

Tu voudrais tuer ta peine, la violence d'Aurélien et tous vos chagrins. Avant que ce ne soient eux qui finissent par vous faire la peau.

Sept ans.

Vous n'avez eu droit qu'à sept ans de répit.

Est-ce qu'il faut plutôt appeler ça une trêve ?

Est-ce que c'était juste une pause, une parenthèse ?

Si c'était une rémission, alors aujourd'hui c'est une récidive. Une rechute.

Sept ans seulement.

Sept ans. Est-ce que Marie dirait que « c'est toujours ça de pris » ?

Marie ne dit pas du tout ça. Marie ne dit rien. Elle te laisse parler. Il y a quelque chose qui cloche, elle le voit bien. Elle s'en aperçoit dès que tu la retrouves, au troquet de la place Colette où vous avez vos habitudes depuis le lycée. Elle n'attend pas que le serveur apporte vos cafés pour te poser la question. Elle n'a pas encore enlevé son caban bleu marine aux boutons dorés qu'elle demande déjà : « Qu'est-ce qui ne va pas, ma belle ? »

Tu ne tournes pas autour du pot. Tu as tellement attendu pour le lui dire. Tu as tant de fois voulu lui parler. Et tant de fois regretté de ne pas l'avoir fait, de ne pas avoir réussi à te confier. Tu ne sais absolument pas par où commencer, mais ça n'a pas d'importance. De toute façon, c'est tout, qu'il faut que tu balances. Alors tu te lances. Tu te jettes à l'eau. Glacée ! Pas couler, nager entre les insultes, les colères, les galères, la vraie raison de ta dépression d'il y a sept ans. Tu jettes tout. En vrac. Tu jettes au visage de Marie tous les mots, les rasoirs qui entaillent ta peau, toutes les horreurs, toutes tes douleurs, ta peur que Vadim reproduise tout ça et ta honte de ce que Romane découvre aujourd'hui. C'est un carnage, même si le sang ne coule pas. Lésions rouvertes, plaies béantes. Blessures cuisantes. À vif. Ça suinte, ça darde et te vrille. C'est un flot ininterrompu, puis soudain tu te tais. Exténuée. Vidée. Plus rien à expurger. Rien à signaler. Voilà, tu l'as fait.

Marie est atterrée, tu le vois bien. Son visage est tout blanc, soudain, malgré le maquillage. Comme si son rouge à lèvres et son rose aux joues avaient disparu d'un coup.

Marie se tait. Elle ne dit rien. Puis tout y passe : l'effarement, la sidération et la désolation. La rogne aussi, et les regrets.

Elle est furieuse contre lui. Et contre toi. Elle crache : « Je suis sciée. » T'engueule : « Mais pourquoi tu ne m'as rien dit ? » Se vexe : « À quoi ça sert une amie, si on ne lui fait pas confiance ? » Te prie de l'excuser : « Pardon, ma toute belle, de n'avoir rien vu. » Te supplie de la croire : « Je te jure que j'ai rien vu. » Doute : « Tu penses que je n'ai pas voulu voir ? » Puis recommence, dans le désordre. Se vexe : « Et dire que, pendant toutes ces années, j'ai cru bêtement te connaître. » Doute : « Deux, trois fois, pourtant son côté monsieur parfait m'a semblé suspect. » T'engueule : « Mais tu vas te laisser maltraiter encore combien de temps ? » Te prie de l'excuser : « Je suis désolée, tellement désolée, tu sais. » Crache : « Putain, quand même, j'en reviens pas que tu aies supporté tout ça en silence sans jamais m'en parler. » Te supplie de la croire : « Tu n'es plus seule, maintenant, je suis là, à tes côtés, et je vais t'aider. » Marie s'en veut : « Je ne me le pardonnerai jamais, je crois. » Et enfin te secoue : « C'est fini les conneries, faut que ça s'arrête, et que tu prennes une décision. Tu vas avoir quarante ans, tu ne peux pas continuer à endurer tout ça. »

Tu lui réponds qu'elle a raison. Alors elle contourne la table pour venir s'asseoir contre toi, sur la banquette en cuir bleu, et te serre fort, très fort, dans ses bras.

Marie non plus n'a pas bu son café froid.

Tu lui dis merci. « Merci, Marie. »

Et ta vue se brouille, quand tu t'en vas.

Avant, ça éclatait toujours quand tu étais là. Devant toi. Mais ce jour-là, non, c'est l'exception. Tu étais partie au marché et avais demandé à Aurélien de faire déjeuner les petits, affamés, parce que les courses risquaient de te prendre facilement une bonne heure et demie, et il était déjà midi. Quand tu rentres, essoufflée, l'intérieur des doigts rougis par le froid, les phalanges striées par les anses des quatre sacs que tu as portés, pleins à craquer de choux-fleurs, de courgettes, de carottes, de poires que tu as pris soin de ranger sur le dessus pour éviter de les écraser, et tu en passes, tu n'as pas encore posé au sol tous tes cabas que déjà, tu le vois, ça a dérapé. Une mauvaise scène s'est jouée sans toi. Pourtant, tu ne remarques pas tout de suite les petits bouts verts qui dépassent des oreilles des enfants. Tu regardes d'abord Aurélien. Il bout, derrière ses fourneaux. Il a les joues rouges, comme cuites à point, et tu sais bien que ce n'est pas à cause de la plaque à induction. C'est comme si une transe avait pris possession de son corps qu'agite un tremblement discret. Il a coiffé ses cheveux blonds d'un bonnet bleu, orné de l'écusson du PSG, celui qu'il porte les soirs de match ou pour courir, histoire de ne pas attraper froid. Il a enfilé autour de son cou son « Buff », comme il dit, et tu entends toujours « bœuf » quand il l'appelle ainsi. De la sueur coule dans sa nuque. Qui descend le long de son dos et trempe son tee-shirt. Il prétend avoir la grippe depuis deux jours déjà, alors que le docteur l'a assuré, que non, promis, juré, il s'agit juste d'un coup de froid puisque, grâce à son vaccin, justement, il ne risque rien. Ce qui s'est dit, ce qu'il a prononcé devant les enfants estomaqués, tu ne le sais pas encore, tu le découvriras après, quand Vadim viendra te raconter le verre en cristal de Josette, le torsadé, ton préféré, qu'il a éclaté en le fracassant contre le mur. Tu découvriras les mots exacts qu'il a dégueulés, quand Romane viendra te demander si tu as vraiment l'intention d'utiliser tes ciseaux, les orange, que tu ranges dans le tiroir de ton bureau, parce qu'ils sont trop aiguisés, trop tranchants, si tu as vraiment l'intention de les utiliser pour « découper le zizi de papa ». Pour l'heure, tu ne sais pas encore qu'il a dit ça, quelque chose dans ce mauvais goût-là. Mais tu réalises soudain que les choses ont dérapé quand tu vois des billes vertes dans les oreilles de Vadim, puis les mêmes dans celles de Romane, assise en face de lui. Et tu as une idée de ce qu'il a pu déblatérer quand elle te tend deux petits pois – ceux-là mêmes que tu as assaisonnés d'huile d'olive, « pour que tu te bouches les oreilles, maman ». S'il n'y avait pas eu ce sourire goguenard sur les lèvres de ton fils et cette moue teintée d'une fierté ironique sur celles de ta fille, tu aurais sûrement sauté sur Aurélien. Mais leur mine te retient. Et leur ingéniosité, leur créativité même – parce que c'en est une, non ? – font monter en toi un rire de tarée que tu peines à étrangler. Qu'ils aient eu l'idée de faire ça : mettre dans leurs oreilles les petits pois qu'ils étaient en train de manger pour étouffer les conneries de leur père, d'abord cela te sidère. Et finalement te réjouit. Les bons mots, les bons gestes de tes marmots, si justes et si bienveillants, te sauvent. Vous sauvent. Mais est-ce qu'il se rend compte, lui, de la putain de chance qu'il a de les avoir ? Dans ces moments-là, de toute façon, tu te dis que ces enfants, c'est toi qui les as faits toute seule, point barre. S'il y a une chose qui te fait tenir, au fond, ce sont elles, leurs répliques et toutes leurs trouvailles. Elles qui te font tenir parce qu'elles te font rire, parce qu'elles dédramatisent tout, désamorcent les coups, toutes les bombes immondes de leur père. Alors, tu le fais, sans hésiter. Tu saisis les deux petits pois que te tend Romane et tu les glisses, toi aussi, dans tes oreilles qui, de toute façon, en ont tellement entendu qu'elles ne sont plus à ça près. Aurélien éructe, et bien sûr ton geste ne fait qu'attiser sa fureur. Et bien sûr ce pauvre petit pois, aussi bio soit-il, n'amortit pas tout le bruit, laisse passer à peu près toutes les saletés qu'il n'a pas cessé de déverser depuis que tu es rentrée. Mais quoi d'étonnant ? Comment un si petit pois pourrait-il absorber des mots si gros ? Romane qui aime tant clipser des bijoux sur ses oreilles s'enchante de ces boucles improvisées. Et c'est peut-être à ce moment-là que son père finit enfin par la boucler, remplit le lave-vaisselle, essuie les dernières casseroles et se résout à se casser. Vous vous regardez alors, tous les trois, avec une grande envie de vous marrer. Il te faut un bon quart d'heure après tout ça pour convaincre Romane d'ôter les petits pois de ses oreilles – sans les manger. Mais comme elle adore les crottes de nez... C'est seulement quand elle part jouer avec ses poupées que Vadim te fait le compte rendu dont tu te serais bien passée. « Papa a dit que tu étais une coupeuse de couilles. » Ah, c'est donc ça !

De drôles de phrases te viennent. Tu te dis que tous tes jeux avec les petits ont porté leurs fruits et que plus jamais tu ne regarderas le primeur de la même façon, parce qu'au fond jamais tu n'aurais pu imaginer qu'il vendait des boules Quies.

Prendre une décision. Oui, mais laquelle ? Tu sais bien que Marie a raison. Tu vois bien qu'il n'y a pas dix mille options. PARTIR ou RESTER : pas d'autre possibilité. C'est entre ces deux mots qu'il faut choisir, trancher. Six lettres de rien du tout, même pas un Scrabble ! La seule chose dont tu étais sûre, il y a sept ans, quand déjà plus rien n'allait entre vous, c'est que tu ne voulais plus de lui. Mais tu ne voulais pas le perdre non plus. Tu aurais aimé l'éloigner pour un temps donné, le mettre sous serre, comme ces plantes dont on se sépare pour leur donner une chance de passer l'hiver et que l'on rapatrie chez soi aux beaux jours, lorsqu'on a la certitude qu'elles ne risquent plus de mourir de froid.

Sept ans plus tard, cette envie est revenue. L'autre jour, en sortant de la médiathèque, tu as un peu traîné avant de rentrer. Tu n'as pas fait les boutiques, mais les agences, comme on dit. C'est dans celle à l'angle du boulevard Pasteur que tu as repéré une annonce pour un petit trois-pièces, à deux pas de chez vous, qui te semble idéal. Un 52 mètres carrés au sixième étage d'une résidence des années 1970, avec ascenseur, balcon, cave et même parking. Les photos faisaient envie et le prix ne t'a pas semblé dément. Alors tu es entrée prendre quelques renseignements et le mec d'Orpi t'a laissé sa carte. Tu voudrais qu'Aurélien le rappelle pour prendre rendez-vous et qu'il aille visiter l'appart. Il n'habiterait pas loin. Et toi, tu pourrais vivre juste à côté, mais sans lui. Ne plus entendre ses phrases, échapper à ses salves. Mais tu sais bien que ce n'est pas possible : il ne te quittera jamais. S'il y en a un qui aura le courage de partir, ce sera toi. Ça a toujours été comme ça. Le plus fort n'est pas celui qu'on croit. Le plus faible non plus, d'ailleurs. Est-ce qu'il sait, Aurélien, que tu serais cap de faire tes valises, de fermer la porte, un matin, de prendre les enfants par la main et de t'en aller avec tous tes chagrins ?

Tu vas avoir quarante ans, et tu ne peux plus continuer comme ça. Marie a raison. Elle a dit : « Tu ne peux plus supporter tout ça. » Elle n'a pas tout à fait dit ça, mais l'idée est là. Tu le décides maintenant, d'un coup : faut que ça s'arrête, faut que ça s'arrête, d'une façon ou d'une autre. Reste à trouver laquelle.

Mais soudain, tu as peur de ne pas t'y tenir. Tu crains que la fermeté qui te vient enfin ne s'amollisse dès demain. Tu as peur de flancher. Il faudrait une chose à laquelle t'accrocher. Trouver une idée, pour t'aider à tenir la promesse solennelle que tu te fais là, de ne plus endurer tout ça. Voilà, le mot exact de Marie te revient. Tu te jures, une fois encore, à haute voix cette fois, comme tu le faisais, petite, avec Anna, de ne plus accepter ça. Elle a raison, Marie, tu vas avoir quarante ans, ça suffit comme ça. La voilà, la solution : faire de ton anniversaire une date d'expiration, de péremption même, à laquelle ta vie d'avant aura dépassé la limite de consommation. À laquelle tu devras décider. Voilà, c'est acté. Reste plus qu'à trouver un cachet qui fasse foi. Un SMS, pourquoi pas ? Sur le clavier de ton portable, tu pianotes : « Marie, le 3 janvier, je prendrai ma décision, je te le promets. » Sa réponse, tout de suite, apparaît. « Bravo, quel que soit ton choix, tu le sais, je serai là. » C'est seulement après avoir lu son message que tu penses à vérifier quel jour on est. Le 18 décembre ! Tu as un peu plus de deux semaines devant toi. Le compte à rebours est lancé. Dans seize jours, tu auras choisi ton chemin. Avec ou sans Aurélien. Pour ne pas le prendre en traître, tu le lui écris : « Aurélien, je ne peux plus continuer ainsi. Je te l'ai déjà dit. Mais j'ai décidé pour de bon qu'il faut que ça s'arrête. Alors ne prévois rien pour mon anniversaire, ce jour-là, je te dirai ce que j'aurai décidé de faire. » Tu signes ton message, même si les portables ont rendu ce rituel inutile. Tu le signes, comme tu l'aurais fait si Aurélien ne te connaissait pas. Parce que c'est un message officiel. Et que peut-être, d'avoir décidé ça – car au fond, c'est décidé, déjà –, il ne te reconnaîtra pas.

Le 19 décembre. Tu te sens forte de la résolution que tu as prise. Débarrassée de cette impuissance qui t'a longtemps enlisée. Quand tu rentres à la maison, tu retrouves le journal et les livres dans la boîte aux lettres, toujours pleine à craquer, les taches sur les carreaux en ciment de la cuisine, une BD coincée sous les coussins du canapé, les poupées couchées près de la cheminée, les serviettes entassées dans la salle de bains, et au pied de la cuvette le rouleau de papier toilette que personne ne jette lorsqu'il est terminé. Le décor demeure identique. Mais en toi, quelque chose a changé. Tu vis désormais avec un sentiment inédit de toute-puissance. Tu es un superhéros, un cavalier qui surgit hors de la nuit, court vers l'aventure au galop et signe son nom à la pointe de l'épée. Il y a désormais en toi un feu qui brûle tes lèvres, ranime un sourire disparu depuis longtemps. Et tu voudrais que plus rien ne puisse l'éteindre. Qu'il soit vainqueur à chaque fois. Qu'il résiste à tout : aux colères d'Aurélien et à sa violence.

Romane ouvre les cases de son calendrier de l'Avent, sans savoir que cette année il y aura vraiment un avant et un après Noël. Tu la regardes faire. Ce matin, une hotte se cachait derrière la fenêtre 19. Tu n'as plus que cinq jours devant toi pour remplir la tienne. Cela ne t'est jamais arrivé, mais pour le moment, elle est vide.

Aurélien, c'est simple, tu n'as pas grande envie de le gâter. Mais il va tout de même falloir trouver une idée, au moins une. Pour Romane c'est moins compliqué. Elle rêve de Lego, de feutres à paillettes, d'une nouvelle poupée Monster High, « la Draculaura Transformation, maman, celle dont la robe se transforme en ailes », d'une corde à sauter car la sienne vient de casser et d'un puzzle de pirates. Vadim ne veut rien, comme d'habitude, à part des nouveaux crampons. Tu décides de lui prendre deux places, le 12 janvier, pour aller voir PSG-OM au Parc des Princes. Tu ne peux pas te tromper. Il ira avec son père. Ou pas. Qui sait où vous serez, le 12 janvier ? Encore une idée noire que tu chasses de ta tête en la coiffant d'un bonnet à pompon rose bonbon. Plus le temps de passer commande sur Internet avant Noël, il faut que tu ailles au magasin de jouets pas loin de la médiathèque avant de rentrer à la maison. Il y aura un monde fou à l'heure de la fermeture, mais ce n'est qu'à trois stations de bus… Tu te motives comme tu peux. Tu réalises que tu avais promis à Marie de prendre un verre avec elle en fin de journée. Tu sais qu'elle se fait du souci et que tu ne peux pas annuler cette fois encore. Mieux vaut l'appeler. Elle propose de t'accompagner. « T'es sûre ?

– Oui, même si je sais d'avance que je vais crever de chaud », s'amuse-t-elle.

Tu entres dans le magasin à reculons : queue aux caisses, colimaçon jusqu'au fond. C'est peut-être ton dernier Noël avec Aurélien. Tu le dis à Marie. « Si tu te mets à ruminer ce genre d'idées, tu n'y arriveras jamais, alors reste concentrée. – Tu as raison. » Tu trouves tout : les Lego qu'il te faut, les douze feutres à paillettes, un puzzle de 150 pièces avec une boîte en forme de bateau pirate, et comme celui des fées juste à côté te plaît, tu le prends aussi en plus de la corde à sauter. Tu demandes à Marie son avis : « Poignées roses en forme de cœur ou grenouilles vertes ? – Prends les cœurs. » Voilà, reste plus qu'à payer. Oh là là, t'allais oublier la Barbie ! Tu plantes Marie à la caisse et files à toute vitesse vers le rayon. De loin, tu pressens les complications. C'est comme si un tsunami était passé. Le vendeur au gilet rouge confirme : « On a été dévalisés. » Il s'appelle Christophe, c'est marqué sur son badge. Tu lui expliques que tu veux la poupée Monster High, dont la traîne s'ouvre et se métamorphose en deux grandes ailes fuchsia. Il voit exactement celle dont tu veux parler. Mais craint d'avoir vendu la dernière tout à l'heure. Tu as soudain l'air désespéré. Au bout du rouleau. « Au bout de ta life », corrigerait Vadim. Tu te fais soudain une montagne de cette poupée monstrueuse. Christophe voit bien que beaucoup trop de choses reposent sur ses épaules. Alors il te propose d'aller voir en réserve, on ne sait jamais, parfois l'ordinateur se trompe. Ta grimace, comme un merci. Il met un temps fou à revenir. C'est mauvais signe… Romane en rêve « tellement », de cette Barbie. Si tu pouvais lui éviter cette déception-là, ce serait bien. Parce qu'il y en a beaucoup d'autres que tu n'es pas sûre de pouvoir lui épargner. Christophe ne reviendra donc jamais ! Si, le voilà enfin, avec… une boîte à la main ! C'est la bonne poupée ! « Il n'en reste plus en stock, mais mon collègue en avait mis une de côté pour sa nièce, qui finalement l'a déjà, celle-ci est donc pour vous. » Tu lui sautes au cou, puis t'enfuis à la caisse, Dracula sous le bras. En nage, Marie a fini par enlever son caban et son pull à col roulé. Tu rentres à la maison, épuisée mais soulagée, en tentant tant bien que mal de planquer tes paquets.

La baby-sitter aide Romane à prendre sa douche. Tu en profites pour commencer à préparer le repas. Aucun bruit. Tu reprends ton souffle dans ce silence réconfortant. Ce soir, les garçons sont au sport : Vadim au foot, Aurélien à son entraînement. Tu décides de concocter un bon dîner, vite fait, bien fait. Tu déchires une page du journal qui traîne sur la table du salon et en recouvres celle de la cuisine. C'est un papier sur le harcèlement de rue. Tu te surprends à penser qu'il n'y a plus vraiment de séparation entre la rue et votre maison. Est-ce que beaucoup de familles sont dans ce cas ? Il faut que tu cesses de cogiter sans arrêt comme ça. Heureusement, les épluchures de carottes recouvrent bientôt tout l'article. La lune est pleine, ce soir. Aurélien court par tous les temps. Tu penses à lui, qui sue sang et eau dans le froid et la nuit. Son coach, c'est toi qui le lui as trouvé. Pour qu'il puisse se défouler. Ailleurs que sur toi. Depuis, il accumule les foulées. Voilà maintenant sept ans qu'il court trois fois par semaine. « Après quoi tu cours ? » lui demandes-tu souvent. Cette question le fout en rogne.

Romane déboule dans la cuisine en chantonnant et se met à te raconter sa journée. Pause dans tes pensées. Le dîner est presque prêt quand la baby-sitter s'en va et qu' Aurélien rentre, la mine maussade. À peine bonsoir. Direct sous la douche. Pendant que les carottes terminent leur cuisson, tu saisis la viande, puis coupes les oignons. Tu t'offres un verre de blanc, que tu trouves bien mérité, après cette journée. « Alors, salope, tu bois toute seule maintenant, comme une poivrote ? » Pan ! Lanières de fouet en pleine tête. Son tee-shirt en guise de cache-sexe, Aurélien n'a pas attendu d'être habillé pour dégainer. Tu sursautes, le couteau aussi, qui entaille profondément ton doigt. Les oignons rougissent. Il y a soudain du sang partout. Ça gicle sur les carreaux en ciment, gicle sur le plan de travail, gicle sur le tabouret et même sur la crédence. Tu pourrais y tracer *Aurélien m'a tuer*. Romane crie, horrifiée. « Maman, ça coule, papa t'a fait saigner ! » Tu remarques la construction de pensée de ton bébé de sept ans. Son père, qui s'en veut sûrement, gueule en courant chercher un pansement. Romane le lui arrache des mains, elle veut te soigner elle-même, dit-elle, et cela achève de te désespérer. Quelle triste famille vous formez ! Puis, comme si cela ne suffisait pas, comme si tout cela n'était pas si pathétique déjà, de ta fille sortent des mots de mère, ceux que tu prononces toujours calmement en la conduisant dans sa chambre quand elle dépasse les bornes : « Papa, maman attend tes excuses, présente-les-lui quand tu es prêt. » La formulation est exactement la même que la tienne, mais pas l'intonation. Il y a toujours dans ta voix une douceur que dans la sienne tu n'entends pas. Tu nettoies la cuisine comme on efface les traces du crime. Mais cette fois, tu ne passeras pas l'éponge. C'est comme ça qu'on dit, non, quand on veut donner son pardon ?

Le 20 décembre. Pendant que tu t'habilles, dans la salle de bains, Aurélien vient te voir. Braque ses yeux sur toi, dans le miroir, et jure qu'il ne recommencera plus. Tu sais bien que c'est faux. Il assure qu'il t'aime tant. Peut-être. Mais si mal.

Des horreurs, tu lui en sers aussi. Enfin, c'est ce qu'il prétend. Il précise que lui, il fait l'effort de venir s'excuser de t'avoir balancé des choses qu'il ne pensait pas. Mais que toi, jamais. C'est vrai. Si tu ne lui dis pas systématiquement ce que tu penses – à quoi bon ? –, tu penses en revanche toujours très fort ce que tu lui dis. L'autre midi, par exemple, de ta bouche a jailli : « La conjugalité tue le désir. » C'est sorti sans prévenir et ça l'a fâché. Doit-on s'excuser de dire la vérité ? Tu devrais plutôt lister tout ce que tue votre conjugalité.

Ses paroles le dépassent. Ce n'est pas seulement ses pensées, qu'elles dépassent, c'est tout son corps. Ses mots l'inondent, et le débordent.

La plupart du temps, Aurélien fait comme si de rien n'était. Comme si rien ne s'était passé.

Tu as longtemps pensé qu'il faisait semblant. Que c'était une posture. Après une nuit de diarrhée verbale, tu lui as demandé de s'excuser. « De quoi ? » Il ne savait même pas. Tu n'as pas voulu y croire. Amnésie nocturne ? À d'autres. Puis tu as réalisé, atterrée, que c'est exactement pareil la journée : une fois la crise terminée, il oublie généralement aussi sec ce qu'il a déversé.

Longtemps, tu as voulu qu'il se rende compte, qu'il ouvre les yeux et se nettoie les oreilles, bordel ! Les mots ne peuvent pas lui échapper ainsi, tomber de sa bouche comme la merde du cul les jours de chiasse. Eh bien, il faut croire que si. C'est quand tu as pris conscience de ce trou dans sa tête que tu as commencé à faire des listes d'insultes. Quand tu lui en parles, il ne veut pas l'admettre. Ça le rend malade.

Au lendemain des miettes, tu espérais encore que ça passerait, que ce n'était qu'une rechute. Mais quand tu as réalisé que non, pas du tout, que tu t'étais encore leurrée, en fait, alors tu t'es offert un deuxième mensonge. Tu t'es dit qu'au moins ça ne laisserait pas de traces pourvu que tu ne fasses pas d'histoires. Les bleus, tu les avais à l'âme. Et l'avantage qu'ils ont sur ceux du corps, c'est qu'on n'a pas besoin de les planquer. Sauf que si personne ne les voit, toi tu les sens.

Depuis quelques jours, tu ne lui réponds plus. Tu te tais. Tu attends, en silence, que la violence retombe. Que son accès de colère se vide comme le pus d'un abcès. Cela se fait plus rapidement qu'avant. Ses crises s'éternisent moins et il fait son mea culpa après. Ce sont les deux progrès que tu as remarqués. Ce matin, Aurélien vient quémander piteusement ton pardon. Il a la mine contrariée du petit garçon ennuyé d'avoir fait une bêtise et la queue entre les jambes du chien prêt à tout pour dérider son maître. Tu finis par l'autoriser à te donner le baiser navré qu'il te supplie d'accepter. Alors, tout peut recommencer ?

Allez, t'as qu'à oublier !

Il ne te frappe pas. Une baffe, une seule fois. Parce que, à bout, tu l'avais giflé. Il avait plaidé la légitime défense. Accordée. Mais hier soir, après le dîner raté et le filet mignon que même Romane n'a pas fait semblant de trouver bon, ça a mal tourné. Tu ne le vois pas venir. Tu lis *Vernon Subutex* quand il s'assoit sur ton ventre, enserre tes poignets entre ses battoirs et les bloque au-dessus de ta tête. Sa lourdeur, son haleine chargée et ses saletés soudain sur toi. Puis, très vite, l'oreiller qu'il t'écrase sur le visage en continuant de te susurrer des insanités. Tu commences par te débattre. Buste tordu en tous sens, jambes fendant l'air pour te libérer. Et puis tu comprends que tu t'épuises pour rien, alors tu t'immobilises. Plus un geste. Les plumes étouffent sa voix. Ne surtout pas écouter les horreurs qu'il dégueule tout doucement pour ne pas réveiller les enfants. Ne plus bouger, faire la morte et prier pour ne pas le devenir quand l'air commence vraiment à manquer. La phrase de Despentes, en boucle dans ta tête : « La colère est une pute qui n'a pas froid aux yeux. » Aurélien finit par te libérer. Cela se termine aussi subitement que ça a commencé. Tu récupères ton roman en silence. Les lignes dansent sous tes yeux secs. C'est ta façon discrète de trembler.

Ce matin, après ses excuses dans la salle de bains, tu te dis qu'un peu de lecture lui fera du bien. Tu laisses le tome I de *Vernon* en évidence sur la table basse du salon, tu l'ouvres à la bonne page et tu poses ses clés dessus. Tu sais qu'Aurélien sera obligé de les récupérer et que son cœur se serrera quand il parcourra le passage où Patrice tabasse Cécile.

Tout à l'heure, tu as frémi en tournant la clé dans la serrure. Sur le qui-vive : voilà comment tu vis depuis l'âge de vingt ans. Aujourd'hui, tu réalises que, même s'il y a eu une période de répit, tu n'as jamais vraiment connu la tranquillité.

Tu ressembles à une bête traquée. Aux aguets. Tu as pris l'habitude que ça dérape. Tu as toujours passé ton temps à redouter le moment où ça bascule. Le mot de trop, qui fait déborder une première phrase, puis entraîne toutes les autres à sa suite. Le déferlement qui te fracasse. T'accuse d'abord puis te défonce. Te secoue, te jette au sol, te reprend, t'essore, et finit par t'abandonner, enfin, pantelante et exténuée.

Les tirades incendiaires d'Aurélien ont brûlé beaucoup de choses en toi. Qui ne repousseront pas. Ce n'est pas si facile de ne pas croire ce qu'il te dit. Il y a sept ans, tu es tombée parce que ses mots s'étaient imprimés en toi comme sur du papier-calque. Netteté et tracé parfaits. Aucune bavure. Heureusement que maintenant tu parviens à faire la part des choses. Tu sais que tout ça, c'est des conneries. Tu n'es pas la gourde, la bonne à rien, la fille incapable et médiocre qu'il décrit. Ses éclats, désormais, tu t'en moques. Lorsqu'ils explosent, tu les tournes en dérision. Tu te fous de leur gueule. Et c'est peut-être l'ironie qui les désamorce le mieux. Tu n'angoisses plus à l'avance. Tu as appris à apprivoiser ta peur et même à résister au rouleau compresseur. Tu ne te noies plus, tu bois seulement la tasse. Tu vois la vague arriver de loin. Bien avant Aurélien. Tu l'épies, parfois depuis le matin. Elle se forme progressivement durant la journée, et tu sais qu'un rien suffit à la faire éclater. Une fourchette qui tombe sur le carrelage de la cuisine, une demande insistante de Romane ou de Vadim, le mail inopiné d'un client, une remarque de ta part, ou parfois une simple question : tout cela peut exaspérer son dépit, et alors c'en est fini. Il devient incontrôlable.

Le 21 décembre. Romane a réussi à convaincre tout le monde de jouer au Monopoly. Disons plutôt que vous avez tous les trois à cœur de lui faire plaisir. Vadim a dit : « OK, mais une heure, pas plus. » La petite, tout lui va. Tu choisis le jeton vert. C'est la couleur de l'espoir, non ? Tu trembles pour rien, depuis les petits pois. Aurélien semble calmé. Tu le trouves apaisé. Tu as failli écrire : « doux comme un agneau ». Mais non, tu n'aimes pas cette expression. Les agneaux ne sont pas si doux, et bien que ses mots puissent te déchiqueter comme des crocs, Aurélien n'est pas un loup. Il plane en tout cas sur cette partie une douceur qui te surprend. Te réconforte, aussi. Tout autre chose se joue, à chaque lancer de dés. Chacun l'a bien compris. Vadim, qui fait la banque, distribue autant de sourires que de billets. « J'achète la rue de la Paix », annonce-t-il en s'emparant de la carte à en-tête bleu foncé. « T'as raison, mon fils, répond Aurélien, par les temps qui courent, la paix n'a pas de prix. » Il y met du sien, tu le vois bien. Et entre vous, c'est comme si tout à coup quelque chose se relâchait. Comme si l'élastique prêt à se rompre sur lequel vous tentez laborieusement de tenir en équilibre depuis quelques jours se détendait, enfin. C'est presque rien, mais c'est là. Et cela n'échappe à personne. Même Romane le sent bien. Pour une fois, elle n'en a rien à faire, de perdre. Tu te surprends à rire quand Aurélien est envoyé en prison sans passer par la case départ ni empocher 40 000 francs et que tu lui rends visite. Ce Monopoly vous réussit. Il y a un soulagement ténu et une joie imprévue dans ce moment passé tous les quatre. L'heure promise est évidemment largement dépassée lorsque tu ranges la boîte dans le placard de l'entrée. Quand tu te retournes, Aurélien est là. « Il faudra recommencer », dit-il en te prenant dans ses bras.

Le 22 décembre. « I'm back » : Aurélien l'a annoncé, ce midi, au téléphone. Pourquoi l'a-t-il énoncé en anglais ? Tu ne sais pas. Peut-être encore pour demander pardon, comme lorsqu'on se sent piteux et qu'on préfère regarder le bout de ses souliers plutôt que droit dans les yeux celui que l'on a fait souffrir. Il t'a dit ça comme ça. Au détour d'une question purement informative que tu lui posais au sujet de votre opérateur téléphonique. Parce que Vadim a paniqué en ne trouvant pas sa sœur à l'arrêt de bus, parce qu'il a couru comme un fou jusqu'au parc Montsouris et qu'il s'est inquiété de ne pas la voir là non plus, alors que tu lui as expliqué maintes fois que désormais, pour des raisons pratiques, Romane irait jouer avec Alizée au square près de l'école, parce que dans le récit haché qu'il a fait tu as fini par comprendre qu'il avait effectué trois allers et retours arrêt de bus-maison, ventre à terre, son sac Eastpak qui pèse une tonne ricochant sur le dos, sans que l'idée de rester chez vous ne lui traverse l'esprit un seul instant, pour toutes ces raisons et à cause de l'angoisse sourde qu'elles ont générée en toi, tu as décidé d'équiper Vadim d'un téléphone portable. Depuis le temps qu'il en réclame un, de toute façon... Sa panique te paraît de mauvais augure. Comme ces oiseaux de malheur, ces corbeaux qui hantent le parc et volent sans scrupule les gâteaux que Romane dépose sur le banc. C'est ton crâne qu'ils piquent maintenant de leur bec noir. Pour te mettre en garde ? Ce téléphone sera ton radeau. Tu t'accroches à cette idée alors même que tu as toujours dit que tu ne ferais pas comme les autres, tous ces parents qui, pour se rassurer, achètent un espion à leurs marmots. « Là, rien à voir. » C'est juste pour les déplacements loin de la maison. Tu es bien consciente de vouloir calmer tes angoisses plus que celles de Vadim. Ce sera un fil, somme toute, te dis-tu, lucide. Qui remplacera le cordon qui vous liait jadis. De toute façon, Vadim ne t'a-t-il pas qualifiée de « mère poule » ? Tu ne sais pas couper les fils. Celui avec ta mère résiste à tout, même à ses remarques les plus acerbes, et d'ailleurs, pour te blesser, Aurélien dit qu'il s'agit d'une corde. Avec ton fils, c'est pareil. Et voilà que tu réalises que les « fils » et ton « fils », cela s'écrit de la même façon.

Tu appelles Aurélien pour lui demander l'identifiant de la box qui te permettra de commander un nouveau portable. Tu es si fatiguée, soudain. Si lasse de danser seule, sans équipier. Désespérée aussi. Alors tu l'appelles. Et il répond tout de suite. Tu pourrais y voir un signe. La preuve d'un énième changement imminent.

Exceptionnellement, il t'entend. La plupart du temps, ça sonne dans le vide et tu as l'impression de te casser le nez en tombant sur son répondeur. Mais ce coup-là, il répond. Sans préambule, tu lui demandes les chiffres à transmettre à l'opérateur. Il sait sans que tu le lui dises, parce qu'il faut bien reconnaître qu'il a toujours su lire en toi, il sait que tu veux le nombre magique qui te permettra de te rassurer. Alors il cherche ce foutu code sans aucun commentaire, se réjouit de le trouver vite, puis le dit dans un souffle, avec un grand sourire qui résonne dans le téléphone : « I'm back. »

Tu comprends tout à coup pourquoi cette phrase ridicule de sportif sur le retour t'a émue autant, alors même que tu la trouves prétentieuse. Ce « I'm back », c'est un « Yes we can », pas moins ! Aurélien te dit à sa façon, sans que tu saches d'ailleurs s'il en a pleinement conscience, que vous allez y arriver. Et parce que cela fait trois mois que tu l'attends, parce que tu sais que tu n'auras pas la force de te relever d'une deuxième dépression, parce que tu sens bien qu'une petite fille plus tard tu n'auras pas le courage de recoller les morceaux encore une fois, même en pensant aux enfants, tu pleures. De joie, de soulagement, d'épuisement. Et entre tes larmes, tu te mets à rire. Les chiffres notés à la va-vite qu'Aurélien t'a donnés, c'est le chemin vers la liberté : vous êtes abonnés à Free.

Grosso modo, tu as fini tes cadeaux. Tu ajoutes un ruban rouge au paquet qui contient le cachemire noir avec coudières en cuir dont rêve Marie. Il ne te reste plus qu'à emballer la ravissante besace que tu as achetée pour remplacer le sac à main élimé de ta mère. Mais est-ce que cela en vaut la peine ? De toute façon, elle la remettra immédiatement dans le pochon en coton. Tu entends déjà le ton détaché sur lequel elle dira : « Tu n'aurais pas dû, ma fille, le mien est encore très bien. » Et tu le sais : elle ne lèvera pas son cul du canapé pour t'embrasser. Elle ne l'a jamais fait. Elle se contentera de faire semblant. Ses lèvres pincées claqueront dans l'air, tandis que son doigt désignera ta joue d'enfant, résignée depuis fort longtemps à ne plus attendre des baisers qui quoi qu'il arrive ne viennent jamais. Elle s'agacera de voir les petits courir partout et passera sa soirée à ramasser les papiers éparpillés. Ton père haussera les sourcils en découpant la dinde trop cuite et ton beau-frère sortira toutes les demi-heures se griller une clope… L'idée d'assister dans deux jours à ces scènes jouées d'avance et qui se répètent chaque année à l'identique te déprime. Heureusement, il y aura ta sœur. Tu as décidé de le dire à Anna aussi, que vous ne formez pas la famille parfaite qu'elle imagine.

Le tissu rêche doit griffer sa peau. C'est une robe piquée de fleurs. Qui couvre tout son corps. De la tête aux pieds. C'est ça que tu vois, en premier. Et dont tu te souviens après tant d'années. Quel âge a la jeune femme ? La vingtaine. Vingt-quatre ans, peut-être, à tout casser. Visage diaphane, plus transparent que sa robe. Elle est toute menue, frêle comme un roseau qui plie mais ne rompt pas. Elle attend déjà, allongée sur le lit, aussi immobile qu'une momie. Quand il descend les draps, elle remonte sa robe sur ses cuisses. À moins que cela ne soit lui, son mari, qui le fasse en premier. Tu n'es plus bien sûre, mais dans ton esprit c'est elle qui le fait d'abord. Pour montrer qu'elle accepte son sort. Elle n'a pas le choix, de toute façon. Puis elle cale sous ses fesses l'oreiller qu'il lui tend. Il y a beaucoup de colère rentrée dans ce geste de soumission. De résignation, plutôt. Face au miroir, au-dessus du lavabo, quelques minutes avant, elle a coupé ses longs cheveux noirs, mèche par mèche, en pleurant. Un dernier geste de femme libre. Une fois la robe relevée, c'est l'homme que tu détailles. La caméra le filme au sortir de la salle de bains. Est-ce de la salle de bains qu'il vient ? Tu ne sais plus vraiment non plus, mais il a dû faire ses ablutions avant. Histoire d'être bien propre avant de la salir. Il prie pour demander à Dieu de l'aider dans ce qu'il s'apprête à faire avec sa femme. Il devrait dire ce qu'il s'apprête à faire à sa femme. Il enlève sa chemise, puis son pantalon, mais garde ses sous-vêtements. Blancs. Caleçon court ou long ? Tu l'as oublié également. La chose terrible dont tu te souviens, c'est qu'il s'approche d'elle, écarte ses jambes inertes, comme détachées de son corps, s'installe entre elles, s'enroule dans la lourde couverture jaunâtre et la prend. Brutalement. Tu ne vois pas son sexe, évidemment. Mais tu l'imagines dur, agressif. Elle a mal, tu le comprends à ses gémissements. De plus en plus forts, à mesure qu'il s'acharne. Il la déflore, la défonce. Elle ne gémit plus, elle crie. Ce sont des hurlements qui s'échappent maintenant d'elle et qu'il cherche à étouffer en lui écrasant le visage. Les coups de boutoir s'accélèrent. Les chaussettes noires du mari sautent sur le lit soudain transformé en trampoline. Cet homme violent est pitoyable. Tu voudrais qu'il en finisse. Mais le calvaire s'éternise. Pendant tout le temps que ça dure, tu te demandes si elle pense à l'enfant qu'elle risque d'avoir et dont elle ne veut pas, alors que sa sœur, elle, la répudiée, en rêve depuis dix ans sans arriver à le faire. Elle a la figure légèrement tournée, le visage vide. Des yeux qui ne regardent rien. Puis ça vient. Il éjacule enfin. Tu te souviens du noir de sa barbe épaisse, touffue, du contraste avec la blancheur des draps, maintenant souillés. Mais la chose qui t'a le plus marquée, l'image qui prend toute la place dans ta mémoire et efface tous les autres souvenirs, c'est l'ombre des barreaux de la fenêtre que le soleil projette sur les carreaux blancs juste au-dessus de sa tête. Malka est chez elle en prison. Quand c'est terminé, quand l'homme a giclé, on ignore ce qu'elle fait car la caméra passe à autre chose. Mais on sait qu'il l'a prise, sans rien lui donner. Aucun plaisir, puisque la jouissance lui est interdite. Malka finit sûrement par se relever. Essaie de faire comme si de rien n'était et part sans doute vaquer à ses occupations. À deux pas de lui, dans la pièce d'à côté. C'est son mari maintenant, puisqu'il vient de l'épouser, mais cela ne change rien : il l'a violée.

Cette scène du film *Kadosh* d'Amos Gitaï t'a longtemps hantée. Tu avais vingt ans quand tu l'as vue la première fois au cinéma, et tu ne l'as jamais oubliée. Tu dis la première fois, alors que c'est la seule fois où tu l'as vue. Tu as refusé de la revoir. Il a suffi d'une fois pour qu'elle s'imprime sur ta rétine. À vie. Quand tu entends parler de la violence sourde, invisible, planquée, qui s'exerce portes fermées dans les maisons chauffées, tu penses à *Kadosh*. Et tu revois cette scène bestiale, brutale, mais conjugale.

Le 23 décembre. Quand jeudi arrive, vous ne dérogez pas à la tradition. Le jeudi, depuis des années, c'est ciné. Quoi qu'il arrive. Et les semaines où la baby-sitter te plante, tu ne manques pas de plan B, C ou D. Aurélien te laisse choisir le film. Et te fait toujours confiance, même quand tu l'emmènes dans de petites salles avec guère plus de douze spectateurs. Il ne veut rien savoir de ce que vous allez voir. Ou plutôt, il exige de ne surtout rien connaître pour garder le plaisir entier. Le nom du réalisateur lui suffit. Le nouveau Desplechin, le dernier Woody Allen ou le dernier Ozon. De toute façon, c'est toujours toi qui achètes les billets sur AlloCiné. Quand vous vous installez, juste à temps, une fois les pubs terminées, il lui arrive de te demander le titre avant que la lumière ne s'éteigne. Il prend ta main, te souhaite « bon film » et tu es bien. À la sortie, vous allez dîner et boire trois-quatre verres de vin dans le troquet d'à côté où vous avez vos habitudes. Vos soirées ciné figurent sur la liste des choses que tu ne veux pas perdre. Il y a dans ce rituel hebdomadaire une tendresse presque douloureuse parfois, qui gomme tout le reste.

Kadosh, tu ne l'as pas montré à Aurélien. Il ne l'a jamais vu, tu crois. Pourtant, tu as longtemps fait ça : l'emmener voir des films susceptibles de lui parler, comme on dit. Des films dont l'histoire n'a rien à voir avec la vôtre, mais qui peuvent y ressembler, par certains aspects. Des films où tu te retrouves, plutôt. C'est plus juste de le dire comme ça. Passer par le truchement de la littérature, du cinéma ou de la peinture pour exprimer ce que tu ressens et que tu ne sais pas dire autrement. Est-ce que c'est pathétique ? Peut-être. Dans le panthéon cinématographique de tes dernières tentatives, plus ou moins explicites, pour faire réagir Aurélien figurent pêle-mêle : *Une séparation* et *Le Client* d'Asghar Farhadi, *L'Économie du couple* de Joachim Lafosse, *Au-delà des montagnes* de Jia Zhang-ke, *À mon âge je me cache encore pour fumer* de Rayhana, *Mustang* de Deniz Gamze Ergüven et *Nahid* d'Ida Panahandeh. C'est encore une liste, finalement, que tu fais là. Dans tous ces films il y a de la douleur. Des histoires de femmes, jeunes ou vieilles, de tous âges, de tous horizons, sur la ligne de crête. Qui souffrent. Souvent violentées, jamais résignées.

Ce soir encore tu le fais : tu choisis le film exprès. Une histoire qui n'est pas la vôtre mais qui y ressemble, de loin. Et qui pourrait remuer Aurélien. C'est ta façon à toi de le provoquer. De provoquer la discussion, du moins. À la sortie du cinéma, il sait qu'il ne faut pas tout de suite te parler. Quand c'est trop et que le film t'a bouleversée, il sait que tu ne peux pas revenir tout de suite dans la vraie vie, le bruit et les soucis. Il sait que tu as besoin d'une transition. D'un sas de décompression. Alors ce soir il attend que vous soyez sortis, que tu aies atterri. Puis il pose la question du jeudi après le film, toujours la même : « Tu veux faire quoi, maintenant ? » Tu ne veux jamais rentrer tout de suite. Tu réponds « dîner » ou « boire un verre », c'est selon. Dans le café où vous vous installez, c'est lui qui engage la discussion. Lui qui fait la comparaison. « Moi aussi, je te fais souffrir, je le sais bien, et je m'en veux, qu'est-ce que tu crois ? » Puis il ajoute : « Ma violence me dégoûte et te détruit. » Il baisse les yeux, fixe ses mains aux ongles rongés et agrippe le rebord de la table en Formica en disant ça. Il ne peut pas te regarder quand ces mots sortent de lui. C'est la toute première fois qu'il les prononce. C'est la première fois, qu'il dit « ma violence ». Pendant quelques instants, tu en as le souffle coupé. Sa respiration à lui se fait brusque, irrégulière. Saccadée, soudain. Il a l'air heurté. Secoué. Pour une fois, tu t'en fous. Ce soir, c'est lui qui a mal. Il y a quelque chose d'inespéré dans le possessif qu'il a accolé au mot « violence ». Cela n'efface ni les regrets ni les remords. Pourtant, tu veux y croire encore.

Lorsque vous rentrez, rincés, de votre soirée ciné, à minuit et demi passé, tu vois direct que quelque chose ne va pas. La baby-sitter ne s'autorise pas encore à afficher la tête d'enterrement qu'elle fera une fois qu'elle t'aura tout raconté. Mais il y a quelque chose d'inhabituel, de très légèrement voûté dans sa posture toujours impeccable de danseuse classique qui t'alarme instantanément. Les épaules un chouïa trop en avant, peut-être. C'est imperceptible, mais ton radar le détecte automatiquement. Tu as à peine entrouvert la porte qu'elle se tient déjà devant toi dans l'entrée. Elle n'attend pas que tu enlèves tes chaussures, ni que tu poses ton sac, elle le dit tout à trac : « Il faut que je vous parle, il se passe quelque chose de grave. » Tu penses à tout sauf à ça. Dans son français approximatif, sans futur ni passé, qui nivelle les temps en les écrasant au présent, elle te raconte tout en détail. La gifle de Vadim à sa sœur sous ses yeux éberlués, la fureur qu'il a retournée contre lui, la blessure qu'il s'est infligée dans la salle de bains, poings serrés, derrière la porte verrouillée qu'il refusait d'ouvrir, sa colère à lui, déchaîné, et son impuissance à elle, dépassée. Aurélien écoute tout, comme toi, mais ne dit rien. Prostré sur le canapé, la tête baissée, comme tombée de son cou. Ce soir, il n'y est pour rien. Mais c'est comme s'il avait fauté, lui aussi. Les gestes de son fils sont les siens. Il s'en attribue la responsabilité, tu le sais. Et il a raison, car elle lui revient. C'est salaud de dire ça. Tu ne le dis pas, bien sûr, mais tu le penses tellement fort qu'il doit l'entendre. « Il est dans sa chambre, il ne dort pas », conclut la baby-sitter en enfilant son manteau, pressée soudain d'en finir, de quitter cette maison de fous qui n'est pas la sienne. Tu t'en doutes, qu'il ne dort pas. Comment trouver le sommeil après ça ?

Tu ne peux pas te coucher sans parler à ton fils. Alors tu vas le voir. La décision se prend quelque part en toi. Tes pas s'arrêtent devant sa porte. Tu frappes, mais ce n'est pas un coup. C'est un toc discret. Un seul, pour demander la permission d'entrer. Un toc qui dit beaucoup déjà. Qui supplie. Rassure. Promet. Jure de ne pas s'énerver. Un toc qui doit le convaincre que tu ne viens pas en ennemie, que tu as posé les armes, ou plutôt que tu ne les as jamais prises, que tout ira bien parce que tu ne veux pas l'engueuler, seulement lui parler. La clé tourne dans la serrure. Et c'est pour toi déjà le cliquetis de la victoire. Mais rien n'est gagné, tu le comprends tout de suite à sa mine défaite. Il a le regard perdu et buté. Son arcade sourcilière saigne, ses lèvres sèches aussi, qu'il continue de mordiller. Tu ne dis rien, tu ouvres les bras. Et ce grand gaillard qui se flatte de pouvoir casser un œuf sur ta tête redevient aussitôt ton poussin. Un sanglot muet fait trembler son dos que tu frictionnes à travers son pull en laine, comme quand il était petit, au sortir du bain. Tu réalises qu'il pleure lorsque ta chemise se mouille. Sans se voir c'est plus facile. Alors il dit tout dans ton cou. Ses peurs et ses rancœurs. Ses frustrations et sa colère. Il dit que la seconde, c'est dur, il jure, se désole des putains de boutons apparus sur sa gueule et de son sexe qui ne pousse pas. Il raconte les moqueries dans les vestiaires du lycée et les concours de bites sous les douches du foot où il garde son caleçon, comme un con. Et puis il ajoute qu'il n'en peut plus des insultes de papa et de toutes ses phrases méprisantes. Il dit qu'il en crève de voir que tu te laisses maltraiter comme ça. Ses prunelles noires te foudroient. Tu les vois parce que pour dire ces deux dernières phrases-là, il se redresse puis se détache de toi. Vadim te fait face. Il est un fils qui tient à regarder sa mère droit dans les yeux pour lui assurer qu'elle vaut tellement mieux.

Tu as souvent balayé les vilaines histoires de la cour de récré en jurant aux enfants que la honte ne tue pas. Toi, tu l'as trop longtemps tue. Que tout cela se reproduise, voilà ce qui te terrorise. Que cela se transmette de père en fils et s'incruste comme une tache indélébile. Quand Vadim dérape comme ce soir, cela te broie. Tu te dis que ça y est, c'est foutu, tout est perdu. Cet être que tu chéris plus que tout au monde, que tu as porté et que tu t'efforces d'élever, plus haut que les étoiles, à son tour il va maltraiter sa femme. Ses mots à lui aussi seront des couteaux sous sa peau à elle et entailleront sa chair. Non ! Tu préférerais en mourir. Mais il paraît que le plus terrible avec la violence, c'est qu'on en hérite malgré soi. Alors évidemment, tu ne fermes pas l'œil de la nuit. Tu finis par faire ce que vous aviez imaginé avec ta sœur, quand vous n'arriviez pas à dormir et que vous en aviez marre de compter les moutons. Tu te mets à réciter *Un homme qui dort* de Perec. Le passage, où, « depuis longtemps déjà, le sommeil est en face de toi, plus proche qu'il ne l'a jamais été.

Il a sa forme habituelle : la boule, ou plutôt la bulle, la grande, très grande bulle, transparente, bien sûr, mais pas en verre, ce serait plutôt du savon, mais un savon très dur, pas gras du tout, et peu friable, ou bien peut-être, plutôt, une peau extrêmement fine, très tendue. » Tu te joues une grosse partie du texte sous la couette. « Mais tu as beau chercher, il n'y a rien devant toi, pas d'horizon, pas de lueur, pas de lac, rien, seulement l'oreiller, noir, épais, étouffant. Cela ne te surprend pas, tu t'y attendais un peu. Tu cherches derrière toi, et, bien sûr, tout de suite, tu t'aperçois que tu n'étais même pas vraiment enfermé, que, pendant tout ce temps, le sommeil, le vrai sommeil était derrière toi, pas devant toi, derrière toi, tellement méconnaissable avec ses longues plages grises, son horizon glacé, son ciel noir parcouru de lueurs blanches ou grises. Tu l'aperçois d'un seul coup, tu le reconnais immédiatement, mais il est trop tard pour l'atteindre, comme toujours ; ce sera pour une autre fois. Tu le savais aussi, ou bien tu aurais dû le prévoir : il ne faut jamais se retourner, en tout cas pas si brusquement, sinon tout se casse, pêle-mêle, ton oreiller tombe et emporte ta joue, ton avant-bras, ton pouce, tes pieds basculent l'un sur l'autre : le soupirail gris retrouve sa place non loin de toi, le cachot mansardé se reforme et se referme, tu es assis sur la banquette. » Et après tant de lignes, ça finit par marcher : tu t'assoupis, enfin.

Le 24 décembre. Le matin, tu appelles ton psy dès potron-minet, comme disait Josette. Tu veux prendre rendez-vous avec Vadim, qu'il a déjà vu, petit. Il te demande les faits. Tu essaies de les lui donner. Mais, comme avec Marie, tu ne sais pas par où commencer. Alors tu exposes ce qui t'inquiète le plus. Tu décris la gifle à sa sœur, la fureur qu'il a retournée contre lui, la blessure qu'il s'est infligée dans la salle de bains, poings serrés, derrière la porte verrouillée qu'il refusait d'ouvrir, sa tentative ensuite de vous faire gober que c'était sa sœur qui lui avait fait ça. Quand tu as l'impression d'avoir tout raconté, tu essaies d'expliquer. Par honnêteté. Tu dis que cette phase que vit Vadim et que tu refuses de mettre uniquement sur le compte de l'adolescence, il faut peut-être la relier à la période difficile que vous traversez, son père et toi. « C'est-à-dire ? » Tu crois t'en tirer en évoquant la violence verbale d'Aurélien. Mais le psy réclame des précisions. « Quoi par exemple ? » Tu ne réponds pas tout de suite. Pas le courage. Que dire ? Laquelle de ses phrases choisir ?

Il y en a tant. Et puis, celles qui font le plus mal ne sont pas forcément celles que l'on croit. Ses « Tais-toi ! », « On n'a jamais vu une fille aussi bête, une godiche pareille » et « Je ne veux pas d'une femme comme toi » te tombent toujours dessus comme une bombe. Mais tu sais bien que ce ne sont pas celles-là qui font le plus d'effet quand on les raconte. Alors piteuse, tu lâches : « Par exemple, "Ferme ta gueule, une bonne fois pour toutes, si tu veux pas que je la réduise en miettes." » Tu tais le « connasse », parce que ça suffit comme ça, pas la peine d'en rajouter. Et surtout parce qu'il te fait honte. Cela n'empêche pas le verdict de tomber. Avec le bruit sec que devait faire la guillotine autrefois. Le psy lâche froidement : « Le moins qu'on puisse dire, c'est que votre couple s'est dégradé... » Tu ne sais pas s'il s'agit d'une question ou d'une constatation. Tu n'entends pas le point d'interrogation dans sa voix. Mais sa réplique te cingle. Tu la reçois comme une accusation. Une sanction. Tu as l'impression qu'un arbitre, sifflet en bouche, vient de sortir le carton rouge. Alors tu bottes en touche. Nies en bloc. Réponds « non » du tac au tac. Puis tentes : « Aurélien a pris les choses en main, il s'est secoué, il va voir quelqu'un. » Pourtant, tu sais bien que le fait qu'il soit retourné se faire aider n'y change rien. Et que justement, cela le prouve : votre couple s'est dégradé, en effet. Tu raccroches. Et tu te sens mal.

Tu n'as jamais été aussi en colère un 24 décembre. Dans la case de son calendrier, Romane trouve un ange. Est-ce qu'il veille sur vous ? Tu aimerais allumer une clope pour éteindre ta colère, mais le paquet est vide. Petite, quand quelque chose t'échappait, tu allais chercher le dictionnaire. Tu n'as pas besoin de te lever du canapé. Sur le site de Larousse, tu tapes le verbe « dégrader » et tu te forces à lire sa définition à voix haute.

« Endommager, détériorer quelque chose : *Dégrader un monument historique.*

Rendre progressivement quelque chose mauvais, lui faire perdre de sa valeur, de sa qualité : *Ses soupçons ont fini par dégrader nos relations.*

Avilir quelqu'un, le faire tomber dans un état de déchéance, de dégradation morale ou intellectuelle : *L'alcool l'a dégradé.* »

Tout est vrai. Votre couple s'est bel et bien détérioré. Et ce n'est pas beau du tout. Vous avez fini par devenir mauvais l'un comme l'autre. L'un pour l'autre. Et tu n'es pas loin de retomber dans un état de déchéance psychique aussi triste qu'inquiétant.

Pourtant tu te tiens. Les enfants le savent : Noël, on le fêtera demain. Alors, le peu d'entrain qu'il te reste, tu le mets dans la préparation d'un « plateau-ciné » qui n'a rien de gastronomique mais fait naître chez eux des cris euphoriques. Tu as tout acheté chez Picard : les cuisses de poulet, les frites et la bûche glacée ornée d'un sapin en plastique. Il n'y a plus qu'à s'installer devant le film. Vadim a dit OK à sa sœur pour *La Mélodie du bonheur*. Quelle bonne idée : ce sera 2 h 54 sans se parler.

Le 25 décembre. Il faut encore caler les manteaux sur la plage arrière de la Volvo. Le coffre est plein à craquer. Il y a déjà des sacs partout. Tu glisses un dernier paquet à tes pieds et un autre sous ceux de Romane. Comme tu as préféré garder l'orchidée de ta mère sur tes genoux, Vadim accepte de prendre le foie gras à côté de lui et te charrie en se réjouissant à l'idée de pouvoir se faire un bon sandwich sur la route. Faut y aller maintenant, sinon on ne sera jamais à Audresselles à temps. Ta mère déteste les retardataires et a répété quinze fois que les petits commenceraient à ouvrir leurs cadeaux pendant que les grands prendraient l'apéro. Tu t'encastres dans l'habitacle plus que tu ne t'y installes. Le GPS affiche 272,8 kilomètres, en 2 heures 55, via l'A16. Ça t'amuse qu'Aurélien t'annonce tout ça comme si vous ne connaissiez pas l'itinéraire par cœur… Ça grogne plus à l'avant qu'à l'arrière. Faut le faire, même un 25 décembre, ça bouchonne à L'Isle-Adam ! Aurélien râle déjà. Soupire, se plaint, soupire, change de station de radio toutes les deux minutes, soupire encore, puis se résigne enfin à rester sur Fip.

C'est ton cou endolori qui te réveille. Oh, Wimille, déjà ! « C'est sûr, quand on pionce, ça passe plus vite, même me tenir compagnie en bagnole, t'as jamais été foutue de le faire. » Bon… Mieux vaut ne pas en rajouter. Les fêtes de famille, ça l'a toujours fait chier. Tu le vois depuis ce matin qu'il n'est pas bien. Les écouteurs vissés sur les oreilles, Vadim n'entend rien. Tant mieux. Romane veut faire pipi, toi aussi d'ailleurs. Elle supplie son père de s'arrêter et assure qu'elle ne pourra jamais se retenir vingt minutes encore. Alors le pilote finit par se garer, à contrecœur, sur le bas-côté. Tu aides ta fille à soulever son manteau, puis sa jupe et à se pencher suffisamment pour ne pas mouiller ses vêtements. Le regard perdu au bout de la prairie, elle te dit qu'elle préfère faire ça comme un garçon. Comme vous le faites, l'été, dans le jardin, quand il n'y a que le maillot à enlever, debout, jambes raides et pubis en avant. Qu'est-ce que vous riez, alors, devant ce jet droit et puissant ! Romane n'a pas fait de manière, elle. Alors tu essaies de l'imiter. Ne surtout pas penser à l'impudeur qu'il y a à uriner entre les deux portières, presque sous le nez des garçons. Le vent glace tes cuisses, tu voudrais faire vite, mais tu ne peux pas, c'est un pipi hyper long, comme le fait remarquer ta fille. Qui trace des sillons dans la terre meuble, slalome entre les cailloux et arrose tes escarpins malgré les efforts que tu fais pour les épargner. Le froid te mord. « Regardez-moi ça, les enfants, votre mère pisse comme une grosse vache dégueulasse. » Le rire gras d'Aurélien éclate et n'en finit pas. Sa malveillance t'assomme. Puis la honte, là, dans cette pâture, comme surgie de nulle part, te liquéfie. Tu te relèves instinctivement. Trop tôt ! La pisse chaude continue de couler le long de tes jambes, trempe ta culotte, trempe ta robe et même le cuir, à l'intérieur de tes stilettos. Voilà ta tenue ruinée. Il faudrait ne rien dire, prendre l'air détaché, dégagé, remonter en voiture et boucler ta ceinture, comme si de rien n'était. Mais tu ne peux pas. Aurélien continue de ricaner. Il y a dans ce rire satanique une haine et un mépris que tu n'avais pas entendus avant.

Ce n'est pas réfléchi. Encore moins décidé. Tes mains ôtent tes escarpins et tes jambes, soudain, se mettent à courir. Droit devant. Comme une dératée. Vue brouillée. La terre est lourde, tu t'enfonces. La boue gicle sur tes cuisses, éclabousse ta robe déjà souillée, les chardons griffent tes jambes, les cailloux trouent ton collant de fête à 35 balles et lacèrent la plante de tes pieds hérissée d'épines. Ça saigne maintenant, tu le sens, mais ton cri ne s'arrête pas. Il court avec toi malgré l'air glacé qui écorche ta gorge et te scie le souffle. C'est un beuglement désespéré. Combien de mètres tu as effectués ? Tu n'en as aucune idée. Mais quand tu te retournes, la voiture au loin n'est déjà plus qu'un petit point. Pourquoi attendre le 3 janvier, c'est tout vu, non ? L'ornière, tu ne la vois pas. C'est elle qui met fin à ta course. Ta cheville se tord et tu t'effondres. À bout de forces. Et de nerfs. Ton cri tombe, lui aussi. Se tait. Face contre terre. Terre jusque dans les cils, le nez. Nez dans la merde. Bouse parmi les bouses. Odeur de pluie froide, d'herbe coupée, d'humus et de crottin frais. Bras étendus, cuisses repliées sous toi. Coincée dans une prairie bourbeuse. Est-ce parce que ta position ressemble à la sienne que le tableau de Schiele qui t'a tant marquée t'apparaît aujourd'hui, après coup ? Une femme à la crinière rouge. Nue, accroupie. De dos. On ne voit que lui, son dos. Mais c'est sa peau, collée à sa maigreur, qui capte le regard, le capture plutôt. Côtes saillantes, colonne vertébrale apparente, os du cul pointus. Chair piquée, meurtrie, rougie au coude. Il y a des griffures roses aussi, bleues, violacées et même vertes par endroits. Le pinceau a blessé son dos, partout. Scarifié sa chair. Elle est transparente, et pourtant c'est elle, la chair, qui saute aux yeux. Il y a aussi cette épaule, étonnamment musclée. Et le feu de ses cheveux. Emmêlés. Tignasse épaisse, sauvage, comme posée sous son visage. La force qui se dégage de cette rousseur. Une couleur fauve, bestiale. Qui flambe le tableau, y injecte un éclat de vie alors que la mort envahit le dos. À quoi bon continuer ? Plus de courage. Plus bouger. Rester là, allongée. Yeux fermés, visage crotté. Il y a de la gadoue collée dans tes cheveux trempés, et dans ton cou de la sueur et des larmes mêlées. Ce ne sont pas les échardes enfoncées dans tes pieds qui te font le plus mal. Tu voudrais mourir maintenant. En finir. Tu repenses à ce matin au ski où tu n'as pas pu sortir du lit. Sept ans plus tard, c'est dans la boue que tu reposes. Inutile de t'en tirer. Appeler un fossoyeur, ouvrir la terre et y creuser ta tombe. Ça serait fait. Tu essaies de penser au Noël des enfants, déjà gâché. Mais cela ne suffit pas. Tu n'arriveras jamais à te relever.

Le sol tremble légèrement. D'abord tu l'entends. Puis tu le vois arriver lorsque tu tournes la tête, d'un centimètre à peine. Les pans de son manteau gris anthracite lui battent les mollets, son écharpe rouge vole au vent. Il jette ses jambes en avant, puis finit par courir. Tu as l'impression de regarder un film sur avance rapide. C'est comme si ton esprit s'était décroché de ton corps, et que tu observais la scène du dehors. Un genou se plante dans le sol fangeux. Une main se tend, que tu ne saisis pas. Alors un bras t'enlace, toi la dégueulasse. Ton corps qui ne t'obéit plus accepte de faire ce que cet autre te dit. Se redresse, s'assoit, puis se lève, comme au garde-à-vous. Aurélien te serre contre lui. Et ses mots déchirent le silence. Baisent tes joues sales et tes doigts terreux. « Je t'aime, pardonne-moi, je ne te mérite pas. » Sa main dans la tienne, soudain. Il a ramassé tes escarpins, tente de te les remettre, mais tes orteils abîmés te lancent trop. Et puis ta cheville, qui se réveille, te fait atrocement souffrir, alors il te soulève et te porte. Comme un prince charmant. Tu ne croyais pas cela possible. Le chemin se fait, pourtant. En sens inverse. Lentement. Clopin-clopant. La voiture surgit au détour du chemin. Il ouvre la portière, t'aide à t'installer, ôte ton collant filé, jambe gauche d'abord puis la droite. Ton genou saigne. Ses lèvres exsangues assemblent alors des mots venus d'un hémisphère inconnu :

« Les enfants, je me suis très mal comporté, je vous prie de m'excuser, comme je viens de demander à votre mère de le faire. » La voix blanche d'Aurélien et le regard noir de Vadim. Dur. Presque méchant. « Tu ne peux donc pas t'empêcher, même le jour de Noël tu fous tout en l'air, et maman la première. » Personne n'a rien à ajouter. C'est comme si tu avais bu. Les cinquante derniers kilomètres s'effectuent dans le brouillard, radio coupée. Des doigts surgissent au-dessus de l'appui-tête, se glissent dans tes cheveux et tentent de les démêler, un à un, tout doucement. Tu attrapes la menotte chaude de Romane. Elle agrippe la tienne. La tendresse qui passe dans ses doigts t'électrise. Cette petite fille, c'est ton roc. C'est pour elle aussi que tu te bats. Tu penses à la femme qu'elle deviendra. Envers et contre tout. Envers et contre toi, peut-être.

Les pneus de la Volvo crissent dans l'allée couverte de graviers. Dans les yeux effarés de ta mère, tu vois tout ce qui vient de se passer. Le rimmel qui a coulé, les cheveux en bataille, les genoux meurtris. Et ton cœur dévasté. Son baiser sec sur ta joue sale, sa tête trop vite détournée, puis son « Va te remaquiller ». Elle ne veut rien savoir. Aurélien décharge la voiture et les enfants courent rejoindre les cousins. Mais ta sœur te suit jusque dans la salle de bains. Le pommeau de douche glisse de tes mains tremblantes. De son jet indiscipliné s'écoule une eau tiédasse qui finit par avoir raison de l'urine qui a ruisselé le long de tes cuisses et de la terre collée sous tes pieds. La terre, le sang, la merde, la sueur et les larmes mêlées : tout part dans le siphon. Mais la Terracota ne sert à rien et le rouge à lèvres te dessine une grimace. « Que s'est-il passé ? » demande Anna. Tu ne dis rien. Alors elle lance, comme au jeu de dés : « C'est Aurélien ? » Le « oui » ne sort pas de ta bouche. Mais quand elle t'écrase, tout contre son cœur, c'est un peu comme si tu étais sous la douche : tout coule, et tu ne retiens rien.

La table n'a rien à envier à celles que tu as admirées sur les pages de papier glacé des magazines. Les verres à pied scintillent, l'argenterie rutile, les étoiles dorées qui parsèment la nappe blanche sont assorties aux boules de l'immense sapin. Et des feuilles de houx rehaussent le tout. La faim ne vient pas. Le froid en toi prend toute la place. Tu regardes passer le saumon mariné à l'aneth, les blinis, les huîtres, les bulots, le foie gras et les toasts. Et tu grelottes malgré tes deux pulls et les épaisses chaussettes que tu as enfilées au-dessus du collant neuf qu'Anna t'a prêté. Tu jettes un coup d'œil furtif à la montre Hermès avec bracelet framboise – en alligator s'il vous plaît – qu'Aurélien t'a offerte sous les sifflets admiratifs. Le cadran en nacre indique déjà 16 heures. Le repas n'en finit pas. Reste encore la dinde aux airelles que ton père vient de terminer de découper sous l'œil attentif de ta mère, accompagnée de son incontournable assortiment de purées de marron et de céleri, le vacherin qui dégouline dans la cuisine, la salade d'endives aux noix et aux clémentines, puis enfin la bûche au chocolat blanc et l'omelette norvégienne. Mieux vaut prendre son mal en patience. Tu n'as pas adressé la parole à Aurélien depuis votre arrivée, à part pour le remercier de son paquet. En le déballant, tu n'as pas pu t'empêcher de penser qu'en réalité il ne te fait aucun cadeau. La tante Marthe, ton beau-frère, ta cousine, son mari et même l'oncle Édouard : tout le monde consulte son portable sous la nappe, à l'exception de Romane, bien sûr, et des ados qui ne font pas semblant d'essayer de se planquer. Alors, à quoi bon s'en priver ? Tu ajoutes « la grosse vache dégueulasse » à la liste, sacrément longue, que tu as débutée depuis « les miettes ». Tu dois la dérouler quatre fois du doigt pour en venir à bout. Ce n'est plus possible. Il faudrait la faire lire, cette liste. La partager, comme on dit aujourd'hui. Mais oui ! C'est exactement ce que tu vas faire. L'appli « Notes » permet d'envoyer la page par mail ou par SMS. Tu optes pour la deuxième option. Il manque un titre. « Florilège », pas mal, non ? Tu l'écris puis appuies sur la touche envoi. Il s'écoule à peine dix secondes avant que son téléphone ne vibre dans sa poche. Tu le vois l'en sortir puis consulter ses messages, à l'autre bout de la table. Comprend-il tout de suite que ce sont ses mots à lui qu'il lit ? Il redresse la tête, puis a une réaction à laquelle tu ne t'attends pas. Sans te jeter le moindre regard, il recule tranquillement sa chaise, se lève, passe devant les quinze convives, s'arrête à côté de toi puis s'adresse à ta mère, assise juste en face : « Pardonnez-moi, je vous l'enlève, j'ai beaucoup de choses à lui dire, il faut que je lui parle, ça ne peut plus attendre, et de toute façon elle n'a pas faim, je le vois bien. C'est à cause de moi, d'ailleurs, si vous voulez savoir. Je lui coupe l'appétit. Mais pas seulement : les ailes aussi. Disons que je lui casse les pieds, pour rester poli. » Fourchettes et couteaux s'immobilisent, quelques verres restent en l'air. Plus personne ne bouge. Bouches ouvertes, têtes tournées, yeux éberlués. Le spectacle est à son comble, cette année ! Ta mère blêmit, mais sourit : « Je vous en prie. »

Le froid fait fumer vos voix. Aurélien te propose sa veste, mais tu n'en as pas besoin. Quelque chose en toi réchauffe tout soudain. Est-ce sa confession ? Il ne veut pas vraiment te parler. Au fond, il a tout dit, déjà. Il t'attire contre lui et referme ses bras sur toi. Son écharpe douce sent bon. Notes de girofle et de santal. Ce sera donc peut-être ça, le parfum de votre dernier Noël.

Le 26 décembre. Ce matin, il n'y a plus de case à ouvrir sur le calendrier. Tu te sens si seule, soudain. Huit petits jours seulement te séparent du 3 janvier. Tu les as comptés. Tu essaies de te convaincre que ce ne sont pas les derniers jours d'un condamné. Mais tu n'es pas sûre d'y arriver. Tu aimerais retrouver celle que tu as été, il y a sept ans. Pour la consoler. Tu ne peux pas. Mais penser à elle, te souvenir de ce qu'elle ressentait, ça tu y arrives tout à fait. Le souffle coupé, l'effroi, comment ton ventre se tordait, ce que ton corps a ressenti, subi, tout cela te revient désormais. C'est comme si tu revivais sa désespérance, son chagrin, sa solitude, son ignorance et son découragement devant la route qu'il fallait tailler, coûte que coûte. Tu n'as oublié ni la souffrance ni tes errances. Les meurtrissures d'aujourd'hui ravivent celles d'hier. La peur tétanisante de sombrer, et aussi sans doute, quoique bien moins forte, la honte de ne pas y arriver, de partir, sortir du cadre. Tout ne fait donc toujours que recommencer ? Dans l'appartement que vous louiez, à l'époque, la cuisine ouvrait sur une minuscule coursive, qui avait le charme de ne servir à rien. Elle n'isolait même pas du voisin. La qualifier de balcon aurait été du snobisme, car son étroitesse permettait juste de se tenir debout, face au ciel. À deux, c'était possible. Plus à l'intérieur, mais pas vraiment dehors non plus : ceux que tu as invités le savent, c'était le bon endroit pour fumer, pour se parler vraiment, se dire ces choses qui sortent de soi lorsqu'on converse sans se regarder. Sur ce petit promontoire carrelé de blanc, tu te sentais comme sur un plongeoir. Seule, face à toi-même, projetée. Obligée de sauter, d'avancer. Mais dans quelle direction ? C'est étrange : tu as perdu certaines sensations du passé, mais pas le fil de tes pensées. Tu te souviens très bien, accrochée à la balustrade en fer, tu regardais le ciel et tu te demandais où aller. Aujourd'hui, tu ne sais toujours pas.

Ce soir, à l'heure de l'histoire, tu as pleuré. Romane t'avait apporté *Oscar et le bateau rouge*. Le titre te semblait cucul et la couverture ne payait pas de mine, alors tu ne t'es pas méfiée. Comme tu t'es déjà fait piéger plusieurs fois, il y a des livres pour lesquels tu restes sur tes gardes. Mais là, non. Une histoire de petit garçon à la plage, tu as bêtement cru que ce serait trois fois rien. Qu'Oscar allait se contenter de barboter et d'inventer des destinées héroïques à son navire en plastique : pirate, baleine, etc., sous l'œil de ses parents ravis. Ben non. Quand l'été touche à sa fin, le couperet tombe : un bateau dans un appartement parisien, ça ne sert à rien. C'est le père ou la mère qui le dit ? Tu ne sais plus. Le père, mettons. Alors autant redonner sa liberté à l'embarcation. Coup de poignard dans le cœur d'Oscar. Atermoiements, hésitations, petite dépression. Mais le matelot réussit finalement à laisser partir son bateau. Et le regarde s'éloigner sur les flots sans même écraser un sanglot.

Tu as réalisé il y a longtemps que ce sont les histoires de séparation que tu préfères. Et qui te font le plus mal. Tu te demandes si ça n'arrive qu'à toi, si tu fais figure d'exception, ou s'il existe des mères qui chialent, elles aussi, à l'heure de l'histoire. Et les auteurs jeunesse savent-ils que ce n'est pas le parent mais l'enfant planqué en lui qui lit le récit à ses petits ? *La Chèvre de Monsieur Seguin* avec la couverture bleu roi du Père Castor que tu as toujours gardée, ton fils ne voulait pas l'écouter. Quand elle rompt sa corde et s'enfuit par la fenêtre pour aller vagabonder dans la montagne, parce que l'appel de la liberté est plus fort que tout, alors même qu'elle connaît le risque qu'elle court, déjà tu blêmis. Et le combat de toute une nuit, pauvres cornes contre crocs… C'est trop. Vadim se tirait dans sa chambre et claquait la porte. Mais Romane s'arrime à toi, elle a peur et adore ça. Elle écoute le récit, tendue vers la fin qu'elle attend dès la première page comme le final d'un feu d'artifice. Toi, c'est *Crin-Blanc* qui te fait le plus pleurer. Retenir tes larmes quand le Rhône déchaîné engloutit l'enfant et le cheval, à bientôt quarante ans tu n'y arrives toujours pas. Ta voix se casse quand tu imites les gardians : « Mais reviens, petit, reviens. » Tu ne sais pas combien de répétitions compte la version originale, mais la tienne en contient un max. Tu la satures. Tu exagères le nombre de « reviens » pour retarder le moment que les enfants, eux aussi, savent inéluctable. « Mais reviens, petit, reviens, reviens, reviens, mais reviens petit, reviens, reviens, reviens, petit. Je te le donne, ton cheval, il est à toi. Reviens ! Mais reviens donc ! »

Ces moments-là, tu les as inscrits sur la même liste que les soirées au cinéma du jeudi soir. Tu ne les échangerais contre rien au monde. Quand c'est trop dur et que tu t'essouffles, quand tu perds pied, quand tu te dis que tu n'y arriveras jamais, que ton combat est vain, qu'il vaudrait mieux laisser tomber, là, maintenant, se séparer une bonne fois pour toutes, demander le divorce tout de suite et qu'on n'en parle plus, quand tu te dis que tu as fait tout ce que tu pouvais, point final, que tu ne pourras pas aller plus loin, c'est aux histoires du soir que tu penses. Pas question de passer ton tour. La garde alternée, tu ne pourrais pas. Ça ferait combien d'histoires du soir de perdues ? Bien sûr, tu n'as pas le droit de dire ça, comme t'a répliqué Anna l'autre jour. Parce que quand on n'a pas le choix, on prend sur soi. On fait avec et on finit par s'habituer. On s'habitue à tout. À perdre, à souffrir, à manquer. Tu le sais.

Le 27 décembre. Réveil en vrac. Tu ouvres les yeux et il y a un léger flottement. Pendant quelques secondes, c'est un matin comme les autres, et puis non, tout te revient. En boomerang. Tu n'as rien prémédité, et puis voilà, c'est là. Cela s'est passé. Tu l'as fait. Avec ce garçon. Nicolas, il s'appelait. Tu étais torchée. Et tu n'as absolument pas eu la sensation de l'allumer.

Le soir du 26 décembre, tu as baisé, en pleine rue. En bas de l'escalier du cinéma UGC de Montparnasse. L'étroit renfoncement aménagé à l'entresol, près de l'entrée, juste avant les caisses, s'y prêtait parfaitement. Seule une vitre vous séparait des rares passants qui déambulaient encore à 2 heures du matin. Tu ne pouvais pas t'empêcher de regarder, de temps en temps, à travers la fenêtre. Pour vérifier que personne n'arrivait, alors que justement, voir les gens passer tout près t'excitait grave.

Il t'a prise par-derrière et t'a fait jouir.

Dans la rue, tu as joui.

Tu as joui boulevard du Montparnasse. Et tu ne t'en remets pas.

Sa queue en toi. Qui palpite.

Ta robe bleue relevée sur ton cul.

Tes seins durs, à l'air, échappés du soutien-gorge qu'il n'a pas dégrafé.

L'urgence, le froid et l'inconfort qui stimulent le désir.

La tête renversée vers lui, pour pouvoir l'embrasser. Le lécher, plutôt.

La langue que tu passes sur tes lèvres lorsque c'est trop, que ça t'inonde.

Ton cul offert.

Vos corps emboîtés, agrippés, bite suintante, chatte trempée.

Vite ! Tu repousses la couette et enfiles un jean à la hâte. Il faut te dépêcher d'accompagner Romane au stage de danse auquel tu l'as inscrite pendant les vacances. Tu réalises soudain que tu vas passer à l'endroit même où tu as baisé avec ce Nicolas, la veille. Cette idée t'enchante et t'excite même, dès 8 heures du matin. Tu ne te souviens pas de tout ce qu'il t'a dit autour de la bouteille de champagne que vous avez bue avant, au Select. Ni tout à fait comment tu es rentrée. Si, en taxi. Il y a du sperme sur ta robe, un ongle cassé au bout de ton doigt, verni de rouge, un SMS d'un garçon que tu ne connais ni d'Ève ni d'Adam sur ton portable, des bulles dans ta tête et personne à l'UGC. Tu ne peux pas t'empêcher d'y retourner en sortant du cours de danse. Retourner sur les lieux du crime : tu as cette impression. Mais non, il n'y a aucun cadavre. Tu te sens au contraire plus vivante que jamais. Alors peu importe si Aurélien a eu du mal à croire que tu avais passé la soirée avec Marie.

Tu te souviens qu'autrefois, sur le plateau d'une de ses émissions, Thierry Ardisson avait coutume de demander : sucer, c'est tromper ? C'était il y a longtemps, chez les parents, puisque tu vis sans télé depuis des années. Tu étais petite lorsque tu as entendu cette question pour la première fois, suffisamment grande pour qu'elle te semble à la fois cocasse et coquine, mais pas assez pour comprendre que l'homme en noir parlait d'une pipe. Jusqu'à présent, tu étais de celles qui se fichent de savoir si embrasser, coucher, sucer ou tout autre verbe du premier groupe, c'est tromper. Tu sais qu'on peut tromper l'attente. Et même tromper la mort. Mais pas l'amour. On peut mourir d'amour, mais pas le tromper.

Tu prends l'UGC en photo – photographier n'est pas tromper –, tu l'envoies à Nicolas qui demande déjà à te revoir. Puis tu ajoutes une légende sous la photo : Restons-en là.

Tu as baisé avec une fougue dont tu ne te serais jamais crue capable. Le désir est donc revenu. Et c'est un petit miracle qui te déroute. Il a commencé par s'effilocher, il y a un moment, déjà. Avant de finir par s'éclipser tout à fait. Tu ne parviens pas à dater précisément sa disparition. Mais au fond, tu sais très bien qu'elle coïncide avec le retour de la violence d'Aurélien. Ton désir est parti quand ses mots sont revenus. L'autre soir, quand tu as retiré la main qu'il a posée sur ton sexe, Aurélien a dit : « Tu veux me punir. » Peut-être. Pourtant, coucher avec lui, tu as toujours aimé ça.

Quand tu l'as rencontré, vous baisiez partout : dans le couloir, à peine la porte refermée derrière toi, dans la salle de bains, sur le clic-clac marron bien sûr, contre les murs du salon, au milieu de la cuisine, sur la table ou accoudée à la machine à laver. Et même face mer, lors du premier séjour que vous avez passé ensemble en Grèce.

C'est avec Aurélien que tu as découvert le sexe de rue. Vous avez baisé à l'entrée des parkings, sous un paquet de porches et dans bon nombre de halls d'immeubles. Il suffisait de s'engouffrer, l'air de rien, derrière ceux qui rentraient chez eux. Et quand tout le monde était déjà attablé pour le dîner, il y avait toujours un traiteur chinois à qui demander le digicode. Le cagibi de la rue Clerc que vous avez découvert un soir au troisième étage d'un haussmannien aux parties communes délabrées avec le ravissement coupable de deux gamins chourant un pot de confiture compte parmi tes plus beaux souvenirs. Il est tout juste assez large pour s'y tenir à deux. Tu y pénètres la première, mais Aurélien voit le verrou avant toi. Il s'empresse de le pousser d'une main tandis que de l'autre il introduit déjà deux doigts dans ta chatte. Tes seins qui s'écrasent contre le tuyau d'eau chaude, le jean qui entrave tes jambes, et qu'il descend sur tes sandalettes pour mieux te lécher le ventre, l'intérieur des cuisses, puis le sexe, enfin, quand tu n'en peux plus. Tu sens encore la main qu'il a plaquée sur ta bouche pour étouffer tes gémissements, sans pour autant arrêter de te prendre quand des voix se sont fait entendre dans la cage d'escalier, et son souffle court dans ton oreille quand il t'a ordonné de te taire. Ça t'avait plu qu'il te bâillonne avec autant de fermeté et de tendresse à la fois.

Tu as noté le réduit sur la liste des tops. Mais il y a aussi eu quelques flops. Des ratés, que tu as adorés. Comme ce soir d'été où vous avez enjambé le portail de l'église Saint-Sulpice, toujours fermé la nuit, espérant improviser un abri sur le parvis, et l'avez franchi aussi vite dans l'autre sens quelques secondes plus tard, quand le gardien vous a coursés. De cette cavalcade échevelée tu as gardé un souvenir joyeux et un accroc. Les pics de la grille ont eu raison de ton jean fétiche, le gris que tu traînais depuis les bancs de la fac.

Ce que tu as préféré, c'est toutes les fois, comme celle-là, où vous n'avez pas pu baiser. Pas de porche, pas de banc, aucun renfoncement sur le trottoir où vous cacher. Tu dis que c'est ce que tu as préféré, pas parce que le plaisir de ne rien faire était supérieur à celui de t'envoyer en l'air, non, rien ne vaudra jamais cette jouissance-là. Si tu as adoré toutes ces fois où rien n'a pu se passer, c'est parce que jamais auparavant tu n'avais senti le désir cogner en toi avec une telle intensité.

Devant une église noire de manteaux noirs, ton bonhomme encore si blond prend la parole. Il a à cœur de dire ce qu'il a sur le cœur. Il emploie ces deux expressions-là en insistant sur le mot « cœur ». Il veut que tout le monde comprenne bien que c'est non négociable : il va parler.

Debout devant le pupitre, il prend tout son temps. Ce moment, c'est son dernier avec toi, alors il ne compte pas le louper. Déjà, le matin même, il s'est habillé avec un soin infini et a revêtu la chemise blanche que tu lui avais achetée pour la rentrée des classes. Il attend que l'on baisse le micro à la bonne hauteur, juste sous ses lèvres si douces et parfaitement ourlées, qui ne t'embrasseront plus jamais. Il promène son regard sur l'assemblée durant quelques secondes qui semblent une éternité, il prend une grande inspiration, puis la parole, enfin. Il dit : « C'est pas juste, mais pas si étonnant que ça non plus, Maman était chat noir. » Ton père sourit, malgré lui, dans sa moustache. Tu t'es toujours traitée ainsi, de chat noir.

Puis Vadim se lance, courageusement. Le pli qui barre son front de petit garçon trahit l'effort que cela lui demande. Il raconte que le matin même de ta mort, tu as mis la jupe verte qu'il aime bien (il utilise le présent) et que pendant que tu terminais de te maquiller, juste avant de partir à l'école, entre les tartines et le brossage des dents, il t'a récité sa poésie, comme vous le faisiez toujours, chaque fois qu'il avait un contrôle. Cette poésie, c'était « Le Dormeur du val ». Il annonce qu'il va la lire, en essayant de tenir compte des conseils que tu lui as donnés, ce matin-là. Il promet d'essayer de ne pas manger la fin du poème en récitant trop vite les derniers vers. Mais il n'est pas certain d'y arriver. Alors il réclame l'indulgence. Ça renifle dans les travées. Et ça se mouche bruyamment. Il n'a même pas commencé que l'assemblée chiale déjà. Mais il n'a pas besoin de lire, ton bonhomme, ton crapaud doux, comme tu l'appelais quand il est né. Il ferme les yeux, et les paupières closes, droit comme un i dans sa chemise blanche impeccable, il dit les mots de Rimbaud et les fait tomber un à un dans l'église, avec une lenteur et une douceur atroces.

Le trou de verdure apparaît immédiatement. Personne ne veut se laisser glisser dans le petit val qui mousse de rayons et encore moins entendre chanter la rivière. Et pourtant, les gens voient tout. La bouche ouverte, la tête nue du soldat. Sa pâleur. Et sa jeunesse. Le soldat, c'est toi. Nul n'a besoin de se forcer pour t'imaginer étendue sur la chaussée. À la place des glaïeuls, il y a une crotte de chien. Sa puanteur ne fait pas frémir ta narine. Ton fils demande à la nature de bercer chaudement le soldat. Sa voix flanche quand il le décrit, dormant dans le soleil, la main sur la poitrine. Tranquille. La nef entière hoquette. Salement. Le soldat, c'est toi.

Le sursaut dans lequel tu te réveilles, en nage, n'efface rien. C'est un vilain cauchemar qui continue à te poursuivre jusque devant ta tasse de thé. Est-ce à cause des attentats ou des phrases assassines d'Aurélien que tu fantasmes ton enterrement ? Il y a dans ce rêve-là une indécence qui te met mal à l'aise.

Tu te souviens soudain de ce soir où, après un dîner particulièrement animé, lors duquel les bouteilles avaient défilé, il avait la mâchoire serrée et l'œil mauvais. Au moment d'aller se coucher, devant Vadim, il t'avait jeté : « Tu es moins qu'une femme. » Tu avais bien compris, et Vadim aussi, que cela te réduisait à pas grand-chose. À presque rien. Pourtant, Aurélien avait jugé bon d'ajouter : « Tu n'es qu'une merde. » Vadim s'était figé. Tu lui avais souri. Tu aurais tant voulu que ton sourire ait le pouvoir d'effacer ce qu'il venait d'entendre. Tu avais pris ton fils par la main pour le conduire jusqu'à la salle de bains comme lorsqu'il était petit. Et tu t'étais assise sur le rebord de la baignoire pendant qu'il se brossait les dents. En silence, tu l'avais regardé déboucher son dentifrice et frotter soigneusement ce qui n'était encore que des quenottes il n'y a pas si longtemps. Puis tu avais fait les gestes à sa place. Ouvert le robinet, rempli d'eau le gobelet blanc, tendu la serviette comme s'il ne pouvait toujours pas se débrouiller tout seul. Vadim ne s'était pas offusqué. Il savait que c'était ta façon à toi de dire : « Ça va aller. » Ta manière d'essayer de gommer ce qui venait de se passer. Puis tu l'avais accompagné dans sa chambre, avais retourné son oreiller du côté froid, comme il aime, et remonté sa couette le plus haut possible, de manière qu'elle lui arrive très exactement juste en dessous du nez. Alors seulement tu l'avais embrassé. Et dans ce baiser tu avais mis tout ce que tu pouvais.

La mort dans l'âme, tu t'étais couchée à ton tour. Tu t'étais dit que ce n'était qu'une expression. On ne meurt pas sous le coup des mots, aussi violents soient-ils. Le trou dans le plexus, les morsures, les lames et les aiguilles qui meurtrissaient ta chair n'étaient que métaphoriques.

Ce soir-là, les yeux grands ouverts dans le noir, tu te l'étais répété longtemps, en t'obligeant à gonfler le ventre, pour respirer lentement, jusqu'à ce que quelque chose en toi se dénoue : il ne me tuera pas. Jamais. Pas même à petit feu. Ça ira mieux demain. Tu l'espérais en tout cas. Te forçais à y croire.

Mais ton rêve de ce matin prouve bien l'inefficacité de la méthode Coué. Psalmodier ne t'empêche pas d'avoir peur de crever. Et si tu as peur, pourquoi tu restes ? Parce que tu es la « boxeuse amoureuse » d'Arthur H. Celle qui danse quand elle s'approche du ring, esquive les coups. Absorbe tout. Encaisse les uppercuts sans jamais cesser de danser. Celle pour qui tomber ce n'est rien, puisqu'elle se relève, un sourire sur les lèvres. Tu es une boxeuse amoureuse. Qui l'aime. Quand même. Y croit encore. Ce n'est pas parce que tu n'oses pas partir que tu restes. Non, tu restes parce qu'il a promis de se faire soigner. Et puis, il y a des périodes bouche cousue, où ce poison ne sort plus. Tu restes pour tout ce qui reste alors : les mots doux, les attentions, la vie à deux et à quatre. Tu restes pour sa main dans la tienne par tous les temps, matins de printemps ou froides soirées, quand il faut marcher vite sur le boulevard Pasteur parce que le vent cingle les jambes et fait couler les yeux. Tu restes parce que, aussi incroyable que cela puisse paraître, malgré toute cette merde, malgré les tombereaux de saletés qu'il déverse, toute sa vie continue d'être animée par un seul désir : te faire plaisir. Tu restes parce que, même s'il n'y arrive plus, il veut te rendre heureuse. Et puis tu restes pour les enfants. C'est un « pour eux » qui ne veut pas dire « à cause d'eux ». Ni « malgré eux ». Tu as consulté les différentes acceptions de cette préposition dans le dictionnaire, elles conviennent toutes. Tu restes pour les enfants parce qu'ils sont votre but et votre destination, les destinataires et les bénéficiaires de votre tendresse, de votre énergie, de votre enthousiasme, de votre amour, et de tout le meilleur dont vous êtes capables, ensemble et séparément. Les personnes dans l'intérêt desquelles vous faites les choses, parfois mal, mais toujours au mieux, au plus beau, du lever au coucher. Tu restes pour ces enfants que tu as faits avec lui. Avec lui et personne d'autre. Tu restes parce que tu es persuadée qu'il vaut mieux les élever avec lui, leur père blessé qui dit des horreurs, mais sait mieux que quiconque faire leur bonheur.

Le 28 décembre. Les portes se referment presque sur toi. Dans ce wagon bondé, tu as la tête pleine de ses insultes et il te faut la lever pour ne pas respirer les cheveux de la dame collée contre toi. Soudain cela te saute au nez : des insanités, on peut aussi en trouver dans le plan de la RATP ! Débute alors un jeu désespéré. Les mots résonnent, d'abord un par un, puis s'assemblent, choisissent chacun le nom d'une station de métro et défilent en duo. Tout à coup, tout s'accélère. Les mots ricochent, se cognent et s'entrechoquent. Sablons-Salope, Saint-Ouen-Babouin, Pont Marie-Couche-toi-là, Agnettes-Gorette, Rue de tu me Pompes l'air, Bréguet Sabin-Handicapée de la Braguette, je vais te Dugommier la gueule. C'est une danse bretonne qui ne veut pas s'arrêter avant Châtelet. Tu te dégottes enfin un strapontin. Les amoureux moulés dans une même doudoune Uniqlo marron glacé qui se bécotent de bon matin n'ont pas une p'tite gueule particulièrement sympathique. Pourtant tu leur imagines des dîners aux chandelles, Des lits pleins d'odeurs légères,

Des divans profonds comme des tombeaux. Et d'étranges fleurs sur des étagères, des sourires complices, des projets de vacances et même de bébé. Tu ne peux pas t'empêcher de leur prêter l'insouciance qui te manque tant et que tu n'arriveras peut-être jamais à ressusciter. Tu voudrais mettre ta tête sur pause. Ou, mieux, appuyer sur le bouton off. Et tout débrancher. D'un coup. Mais le plan des stations a fait sauter tes plombs. Tout se brouille, les mots se font la malle.

Soudain, te voilà à Rome, place du Vatican, l'été dernier. Comme tu avais ri en découvrant que Vadim le mécréant n'avait pas résisté à la tentation d'enfiler son maillot du PSG sous son sweat à capuche pour que le pape le bénisse, parce que, tant qu'on y était, ça ne pouvait pas faire de mal. Toutes ces églises que vous aviez adoré visiter, émerveillés, sans vous douter un seul instant que ce serait peut-être votre dernier voyage à quatre. Pigalle : combien de fois t'a-t-il traitée de pute en vingt ans de vie commune ? Quand tu lis Bourse, ce n'est pas le palais Brongniart que tu vois mais ses couilles épilées et leur ligne rose, comme une couture, qu'il avait exhibées sous ton nez un soir où, fatiguée, tu n'avais pas voulu baiser : « Si tu ne me permets même pas de me vider les bourses, alors à quoi tu sers, pétasse ? » La Muette, c'est celle que tu as été trop longtemps. Le Jasmin, dont tu aimes tant le parfum, il te l'offre par brassées dès que fleurit l'été. Tu sais qu'il peut pousser où bon lui semble, même dans les terrains secs et caillouteux du Midi. Rien ne lui fait peur, à lui. Ternes, au pluriel, c'est parfait car vous l'êtes devenus tous les deux. Toi peut-être plus que lui, mais tu te raccroches à l'idée que les enfants ont gardé intacte leur brillance. Rien ne la leur enlèvera, d'ailleurs, puisque tu as décidé que tout ça devait s'arrêter là. Ta préférée, c'est la ligne 12. La vert foncé. Avec elle, rien de mauvais ne peut arriver. C'est Anna qui l'avait remarqué, un jour, sur le chemin du lycée, ça te revient soudain. « Il suffit d'être Volontaires, et de signer une Convention, pour que règne la Concorde et que plus jamais rien ne nous Abbesses. » Elle avait composé sa tirade avec tant de fierté que, ce matin-là, tu t'étais inclinée : victoire par KO debout. Tu voudrais soudain qu'elle soit là, ton Anna. Qu'elle glisse son bras sous le tien, te supplie de continuer votre jeu préféré et ajoute de son air mutin : « Bonne Nouvelle, tu ne seras jamais une de ces Filles du Calvaire. »

Le 29 décembre. Aurélien te laisse des mots partout. Dans la poche de ton manteau, sur le frigo et sur le miroir de l'entrée. Ce matin, tu en as même trouvé un épinglé sur ton vélo. Ces messages ressemblent à ceux que s'échangent tous les amoureux. Mais la peur qui affleure derrière ces lignes te chagrine. C'est celle de la fin d'un monde, d'une page que personne n'a envie de tourner. Il y a des « Je pense à toi, mon amour », des « Ça va aller », des « Pardon », des « Je déteste ce compte à rebours, mais toi je t'aime ». Ce matin, il y avait une question : « On efface (presque) tout et on recommence ? » Et ce mot-là te peine autant qu'il t'embarrasse. Tu ignores comment vous sortir de là, de ce mauvais pas. La seule façon serait d'en faire un autre, mais lequel ? Pas de danse, pas de deux ou de côté, pas allongé ou rassemblé, pas en avant ou en arrière… Il faut en faire un, peu importe lequel, et même en faire cent, pourquoi pas, pourvu que ce ne soit pas un faux pas. Continuer ou recommencer avec Aurélien : est-ce que cela serait possible ? Repartir, disons. Sans filet.

Et sans fiel. Sans cette bile, toujours si prompte à remonter. Mais est-il encore capable de lui faire obstruction, de ne plus t'inoculer tout ce poison ? La seule chose que tu sais, c'est que tu veux absolument profiter des enfants pendant les trois jours de congé que tu as posés. Les entourer. Depuis Noël, tu te répètes qu'il faut parler à Vadim. Avoir une discussion de grand avec lui, comme tu disais lorsqu'il était petit. Mais quels mots utiliser quand on ne sait pas nommer ce qui se passe ?

Avec Romane, la discussion est venue d'elle-même, hier soir, presque naturellement, comme souvent. Elle prend son bain et fait le point sur tous les cadeaux qu'elle a reçus à Noël quand elle s'interrompt pour demander, sans crier gare, sans qu'absolument rien n'ait pu permettre d'anticiper sa question : « Dis, maman, pourquoi papa il est méchant avec toi ? » Tu veux gagner du temps. Alors tu fais la grande personne, tu joues à la conne. Renvoies la balle, bottes en touche : « Tu le trouves méchant, papa ? » Les sourcils froncés de ta fille lancent un « Tu te fous de ma gueule ? » qu'elle te lâchera sans doute un jour. Puis elle baisse les yeux et se remet à disposer ses chevaux le long de la baignoire, sans plus t'accorder le moindre regard. Tu as soudain le sentiment de la perdre. C'est comme si tu venais de piétiner le courage qu'elle a eu, elle, de désigner ce drame visqueux qui glisse entre les mots et empoisse vos doigts. Quand on ne sait pas répondre aux questions des enfants, il faut avoir le courage de le leur avouer. S'il y a une chose que t'a apprise le psy, c'est celle-là. Il y a sept ans, les questions dérangeantes de Vadim t'avaient désarçonnée. Mais rien ne t'oblige à reproduire les mêmes erreurs. « Tu as raison, ma chérie, papa n'est pas gentil, méchant même, parfois. » Et la grande inspiration que tu prends te donne la force d'ajouter : « Je ne sais pas pourquoi, je me demande, moi aussi, pourquoi papa dit des choses méchantes comme ça. » Son visage de lutin tourné vers le tien. Et dans ses yeux coupés au canif, comme ceux de son père, une lueur. Quelque chose brille que tu ne sais pas décrire. Le soulagement, peut-être. À moins que cela ne soit une espèce de fierté d'avoir une mère qui parle pour de vrai, ne s'enlise pas trop dans ses secrets. Tu te sens à la hauteur pour une fois, alors tu te hisses sur la pointe des pieds et deviens vraiment grande quand tu parviens à préciser : « Je ne sais pas pourquoi papa dit des choses aussi méchantes alors qu'au fond il est gentil, mais je suis sûre d'une chose, ma Romane, c'est qu'il le fait malgré lui. – Ça veut dire quoi, malgré lui ? » rebondit-elle. « Ça veut dire que, même si c'est lui qui dit des choses méchantes, il ne le fait pas exprès, d'ailleurs je suis persuadée qu'il ne les pense pas et que s'il pouvait revenir en arrière il ne les répéterait certainement pas. » Romane a saisi, elle te le dit. « J'ai compris, maman, merci. » Et ce « merci », comme un cadeau, t'anéantit.

Avec Vadim, les choses ne se passent pas pareil, évidemment. Vous n'avez pas discuté ensemble depuis ce soir où il a explosé dans tes bras, au retour du cinéma. Il ne t'a rien dit de ses cinq séances chez le psy. Et bien sûr, tu ne lui as posé aucune question. Tu n'as rien prévu de spécial durant ces trois journées de congé, mais ta priorité, c'est de lui parler avant qu'il prenne le car pour son stage de foot. Ce midi, tu as décidé de profiter du cours de danse de Romane pour l'emmener déjeuner rien qu'à deux, « sans la minus », comme il dit, dans ce restau de hamburgers qu'il adore. Tu te fais la promesse de mettre le sujet sur la table avant le dessert. Mais, finalement, ce n'est pas la peine. Le voilà qui s'installe à côté de toi, dans le salon. Il sort son manuel de français et t'interrompt dans ta lecture : au secours, besoin d'aide pour faire un exo auquel il pige que dalle. Tu lui demandes de lire la consigne. « Relevez les mots péjoratifs du texte suivant et réécrivez-le en intégralité de manière laudative. » Ce sont les termes « péjoratif » et « laudadif », bien sûr, qu'il ne comprend pas. Tu lui as répété cinquante mille fois de relire la leçon avant de se lancer. Il s'agit d'un cours sur les termes évaluatifs. Pas plus difficile qu'un autre. C'est ce qu'il te semble, en tout cas. « Le plus souvent, les mots que l'on emploie ne sont pas neutres. Ils sont par leur sens même valorisants ou dévalorisants. Lorsque l'énonciateur (celui qui parle) présente favorablement ce qu'il dit, alors l'expression est méliorative. En revanche, quand il présente les choses ou la personne dont il parle sous un jour défavorable, on qualifie de péjorative l'expression qu'il emploie. Ce choix d'expression subjective, volontaire ou non, produit un effet sur celui qui reçoit le message. » Histoire que tout soit bien clair, deux exemples accompagnent ces définitions. Tu les lis toi-même, à voix haute. « Phrase péjorative : *Le bateau n'est plus qu'une épave flottante.* Phrase méliorative, aussi appelée appréciative ou laudative : *La courageuse navigatrice a achevé son extraordinaire périple autour du monde.* » Ça ne l'éclaire pas plus. Cet air buté ! Est-ce qu'il le fait exprès, de ne rien comprendre ? Tu ne sais pas. Ça change quoi, de toute façon ? Tu sautes sur l'occasion. « On en a pas mal, non, des exemples, à la maison ? – D'expressions péjoratives, tu veux dire ? – Oui. » Un silence. Pas long. « Quand papa se marre en déclarant que tu pisses comme une grosse vache dégueulasse, c'est péjoratif, ça ? – Oui, c'est péjoratif. C'est négatif, c'est dévalorisant, insultant et injuste aussi. – Et pour le coup, c'est dégueulasse. – Tout à fait, ben voilà, chéri, tu as compris. » Amusé, et peut-être rigolard, déjà : « La version laudative, ça pourrait être quoi ? » Tu réfléchis deux minutes : « Votre Altesse, de l'or coule entre vos fesses ! » Il rit. Toi aussi. La formule le réjouit, alors il se redresse et prend un air théâtral pour la déclamer. « Votre Altesse, de l'or coule entre vos fesses ! » Plus rien ne peut arrêter le fou rire qui vous gagne. C'est un rire fou, dément, démesuré. Qui vous plie en deux sur le canapé. Et tu as la sensation qu'il vous rapproche, que grâce à lui quelque chose est gagné.

Tu ne sauras jamais s'il avait prévu son coup. Peut-être, après tout, il est très fort pour ça. Il a ça de commun avec sa sœur : lancer des débats toujours quand on ne s'y attend pas.

Quand tu récupères Romane à la danse, tu as la drôle d'impression de flotter. Tu la rejoindrais bien à la barre. Avec ou sans chaussons, tu n'aurais aucun mal à enchaîner les changements de pied et pourrais même te fendre d'un grand écart. Il y a en toi une légèreté insensée, presque idiote. Tu t'étonnes de cette joie sans raison qui t'inonde soudain. Le genre de celle que l'on ressent les matins de printemps. Et si c'était tout simplement une bonne journée ? En tout cas, vous avez prévu d'aller au musée. Pour une fois, tu n'as pas trop l'impression de traîner Romane. C'est elle qui t'a demandé d'aller au Louvre. Enfin, presque. Disons qu'elle est restée scotchée à l'arrêt de bus devant l'affiche représentant « la dame du pot de yaourt » et que, lorsque tu en as détaché l'étiquette ce matin, au petit déj', en lui proposant d'aller voir le tableau en vrai, après la danse, elle a trouvé ça dingue. « Ils ont mis sa photo au musée ? » s'est-elle étonnée. Bref, tu as improvisé une minichasse à la Laitière pour aller voir « Vermeer et les maîtres de la peinture de genre ». Aurélien, qui avait posé son après-midi, a demandé s'il pouvait se joindre à vous. Vous l'attendez donc, transies, rue de Rivoli. Le voilà, enfin ! Sourire sur ses lèvres, baiser sur ta bouche. Il a tourné pendant quatre plombes avant de finir par décider de se garer au parking. On y va ! Rien ne gâche ton enthousiasme. Pas même les trois quarts d'heure de queue qu'il faut s'envoyer, malgré les billets coupe-file mal nommés, avec toutes les pelures dans les bras, manteau, doudoune, pulls, bonnets et écharpes, qui glissent, tombent, glissent encore et retombent. Tu as peur que Romane ne s'impatiente, mais non, même pas. Les écrans qui diffusent l'histoire de Vermeer et la photo de la Laitière la passionnent.

Tout, vous aimez tout dans cette expo. Le collier de perles des jeunes femmes à leur toilette, le cadre d'ébène des miroirs dans lesquels elles se regardent et vous observent, les peignes d'ivoire, les coiffes blanches, les nœuds dans les cheveux, les lourdes tentures, les épaisses pelisses bordées d'hermine, les nappes rouges richement ornées sur lesquelles les dames, plume à la main, écrivent des lettres à leur fiancé, peut-être bien, tantôt absorbées, comme happées par ce qu'elles racontent, tantôt distraites, interrompues dans leurs pensées que tu imagines coquines, les cages à oiseaux ouvertes, les perroquets et le petit chien marron et blanc, souvent de la partie, les pages qui apportent à boire sur des plateaux d'argent, la visite impromptue et importune des prétendants qui improvisent des dégustations d'huîtres, et puis toutes ces leçons de musique avec des instruments d'un autre temps, virginal, luth, théorbe, clavicorde, viole de gambe. De ces scènes d'intérieur qui se ressemblent mais se répètent chaque fois avec des variantes naît un jeu des différences qui bat à plates coutures tous ceux que vous avez pu faire jusqu'à présent. Et puis le clou du spectacle arrive enfin. Les murs blanchis à la chaux, la lumière à travers le carreau brisé, le visage éternellement baissé, la peau laiteuse des bras nus, le liquide onctueux qui coule du pot incliné, la blancheur du fichu, le vert des manches retroussées et le bleu du tablier qui tranche avec l'étoffe du corsage, un jaune incroyable qui irradie dans le silence.

La laitière de Nestlé n'arrive pas à la cheville de celle de Vermeer. Et puis ce scoop, inattendu : en fait, ce que prépare cette cuisinière, c'est du pain perdu.

Dans la voiture, tout le monde est unanime : c'était super. Les doigts d'Aurélien dans tes cheveux, sa main sur ta taille devant les toiles et les exclamations de Romane. Cet après-midi de beauté et de gaieté, tu as la drôle d'impression de l'avoir volé. Mais à qui ? C'est peut-être parce que tout ça, c'est trop, ou tout simplement parce que tu as monté le chauffage à fond, en tout cas Romane a à peine le temps de vous prévenir que déjà elle vomit. Il y en a partout sur son manteau, son jean, et plein son siège. La voiture en a vu d'autres, bien sûr. Tu sais très bien qu'il faudra des semaines pour se débarrasser de l'odeur, mais tu ignores si tu seras encore là pour la sentir. Aurélien nettoie. Sans s'énerver, pour une fois. Romane répète en boucle qu'elle est désolée. Alors qu'elle n'y est pour rien, la pauvre. Puis soudain interrompt sa litanie : « J'ai vomi malgré moi, maman, pas vrai ? » C'est décidément une belle journée.

Le 30 décembre. C'est l'avant-dernier jour de l'année. Et Romane va danser. Devant tout le monde. La fierté des parents, les cris ravis des frères et sœurs, le trac des danseuses, leurs sourires gênés et leurs gestes maladroits, les téléphones portables braqués qui ont remplacé les appareils photo et les caméscopes : tout ça ne t'a jamais vraiment emballée. Mais elle va danser. Et ça t'émeut. Il faut qu'elle soit belle. Il faut que l'année se termine en beauté.

Romane a tout disposé sur la table du salon : les brosses, les épingles à chignon, les vernis à ongles transparent, fuchsia et à paillettes, les fards à paupières doré, mauve, gris et bleu, histoire qu'on ait le choix, le mascara et tous les rouges à lèvres roses. Tu traces un trait de crayon sous ses cils et tu te demandes si c'est une histoire qui va s'achever avec l'année ou une nouvelle qui a commencé à s'écrire, déjà. Et puis il te fait une scène. Encore une. Il fait encore des siennes, mais tu ne sais plus comment ça arrive. Pourquoi ça éclate, une nouvelle fois. Et de toute façon, tu n'as plus envie de consigner toutes les raisons de ses explosions. Car ce sont toujours des raisons à la con. Est-ce que tu lui as posé une question, tout en maquillant Romane, une question de rien du tout, pendant qu'il calculait tu ne sais quoi sur un fichier Excel à dix mille lignes ? Ou est-ce que ça a pété parce que tu n'avais pas vu que Romane avait posé le pinceau juste à côté d'un de ses papiers hyper importants ? Ça changerait quoi, finalement ? Rien. C'est toujours la même chanson : tu ne t'y attends pas, c'est une irruption soudaine de colère et de haine qui te surprend et écrase tout. Piétine l'insouciance, gâche la joie, les fracasse. Alors tu ne veux plus connaître le pourquoi du comment. C'est lassant. La même histoire qui se répète et se raconte. Inéluctablement. Il a parlé de pollution, tu crois. Il a dit quelque chose du genre « Tu me pollues. » Ah oui, maintenant, ça te revient. C'est une légère variante à la litanie puante qui sort habituellement de lui. Cette fois, tu as l'impression qu'il a accolé un maximum de ses répliques préférées. Joli medley. Crescendo, qui plus est : « Tu me pollues, tu m'emmerdes, tu me fais chier, j'en ai ras-le-cul de voir ta sale face de rat du matin au soir, tu n'es qu'une bonne à rien, la fille la plus conne que je connaisse, bête à bouffer du foin. » Plaît-il ?

Cette fois, tu cries : « Comment tu me parles, tu n'as pas le droit ! » Des larmes plein les yeux. De rage, d'impuissance, de désespérance. Halte, pas couler. Romane sort le gilet pare-balles : « Ferme tes oreilles, maman. » Toise son père et s'insurge : « C'est pas vrai, tu es la plus gentille du monde. » Pansement sur ta plaie à vif.

Tu la regardes. Sa tresse blonde, sa tête d'ange. Tu penses aux dégâts que font toutes les putains de phrases d'Aurélien sur les enfants et tu vois soudain les sillons qu'elles creusent, bien profond. « Tu nous détruis », tu dis. Tu serres les dents et les poings. Romane est prête de toute façon. Un dernier coup de gloss à la fraise, puis tu te lèves, sans te donner la peine de ranger tout ton attirail. Tu aides ta biche à mettre sa cape sans gâcher sa coiffure compliquée. « Prêtes, on y va ! » Enfiles ta veste, saisis ton sac et tes clés, oublies ton écharpe et ton bonnet, puis claques la porte, comme une damnée. Tu le plantes là. Viendra, viendra pas. Fera comme il voudra.

La scène est juste devant toi. Pourtant tu ne vois rien. En toi ça cogite, ça tangue et ça gîte. Ouvrir les yeux, enfin. Déciller. Cil après cil. Tu vois bien que les noms d'oiseaux sont définitivement revenus et tous vos efforts envolés. Mettre tes yeux en face des trous. Et regarder la vérité en face. Bien en face. Ras-le-bol de mentir, de tricher. Tu vois bien que l'homme avec lequel tu vis ressemble depuis des mois à celui que tu as déjà voulu quitter et que tous les mots dont il t'agonit t'écrasent et te ravagent. Tu as bien conscience de tout ça, et cela te glace le sang. Tu ne peux plus le nier : le garçon avec lequel tu as réussi à recoller les morceaux, celui qui faisait enfin équipe avec toi, celui qui a eu le courage de s'allonger pour tenter d'endiguer sa violence, celui qui achetait le lait avant qu'il vienne à manquer sans même que tu le lui demandes, celui qui te disait enfin « Tu es belle » comme s'il te découvrait pour la première fois, celui qui t'enlaçait, toi d'abord, avant d'embrasser les enfants, celui qui conduisait Vadim au foot et Romane chez le pédiatre, celui qui était enfin au courant de tout, celui-là t'a de nouveau plantée. Comme un pot de fleurs qu'on finit par oublier d'arroser alors qu'on a pris tant de joie à l'installer chez soi. Et tu sais bien que tu n'en peux plus. Que s'il n'y avait pas eu cette scène pendant la séance de maquillage, il y en aurait eu une autre, de toute façon. Tu auras beau l'écouter te jurer que cette fois c'est la der des ders, qu'il ne recommencera plus, tu auras beau prendre toutes les bonnes résolutions du monde, tu auras beau te laver les cheveux tous les matins, il te trouvera toujours des poux dans la tête.

C'est sa tête à lui que tu reconnais soudain au dernier rang, tout au fond de la salle, à côté de la grosse dame qui filme. Son air perdu, dégingandé. Il a dû attendre que les lumières s'éteignent pour rentrer. Tu le savais, que pour rien au monde il n'aurait loupé le spectacle de la petite. Tu te demandes à quoi il pense. Enfants, Anna et toi, vous refusiez de répondre à la question : « À quoi tu penses ? » Vous la trouviez intrusive. Si d'aventure on vous la posait, ça vous foutait en pétard. Vous vous insurgiez : « On a quand même le droit de penser à quoi on veut, non ? » Dieu sait que tu as souvent eu envie de pénétrer ses pensées. Souvent rêvé d'entrer par effraction dans sa tête, pour essayer de comprendre. De le cerner. Mais là, tout de suite, maintenant, si on te le proposait, tu dirais non. À quoi bon ? La partie est pliée de toute façon.

Tu ne sais pas comment l'expliquer, mais c'est très fort en toi. Comme une palpitation. En une heure à peine, tu as acquis la certitude que tout est possible. Que tu as le droit à autre chose. Que quelque chose d'autre t'attend quelque part.

Lui t'attend à la sortie de la salle. Tu ne dis rien mais il le voit, il a compris que tu vas t'arrêter là. Tu pousses la porte des vestiaires où s'engouffrent tant de parents ravis. Vous rejoignez Romane. Tu replies soigneusement la robe en tulle tandis qu'il range les chaussons roses. Vous l'aidez à se changer ensemble, vous la félicitez ensemble. Mais ce n'est plus un ensemble. Quelque chose de ténu mais bien réel a disparu. C'est soudain comme si quelqu'un avait tracé un trait à la craie entre vous. Comme si quelque chose s'était détaché. C'est toi qui t'es détachée, tu le sais. Mais Romane ne le voit pas. Elle est encore dans ses entrechats. Elle ne se doute pas non plus que son père invente un rendez-vous avec un client parce qu'il n'a pas le courage de partager votre dîner puis de rentrer et de vous affronter, toi et la réalité. Et le lendemain matin, quand elle se lève à 9 heures et voit son père endormi, elle ne peut pas imaginer qu'il vient juste de rentrer, aviné. Épuisé. Dévasté. Elle ne sent pas l'haleine chargée qui le trahit, indique qu'il a bu comme un trou, toute la nuit, jusqu'à ce qu'on le foute dehors au petit matin. Elle ne peut pas imaginer que son père cherche déjà à oublier ce que tu ne lui as pas encore dit.

Le 31 décembre. Tu te félicites d'avoir finalement laissé Vadim partir pour son tournoi de foot. Il aurait vu. Aurait su. Compris, tout de suite. À lui, on ne la fait pas. Après le petit déjeuner, tu emmènes Romane au ciné. C'est avec les enfants que tu as découvert les joies de la séance de 11 heures. Quand il n'y a pas besoin de prendre les places à l'avance, parce que la salle est vide. Personne à côté de soi pour commenter ou manger des pop-corn. Les petits se sont toujours réjouis d'avoir la salle rien que pour eux. Autrefois, tu leur faisais croire que tu l'avais réservée exprès. Après le ciné, vous allez vous offrir une gaufre et un chocolat chaud. Le temps d'un après-midi, tu mets tout de côté. Romane est gaie, et tellement contente à l'idée de passer le week-end chez sa copine Alizée. Quand vous rentrez, à 19 heures, la baby-sitter vient juste d'arriver. Tu lui demandes de faire cuire les pâtes et files te doucher. Aurélien n'est nulle part. Mais tu sais qu'il sera chez Axel et Selim. Qu'il ne loupera pas ce réveillon pour lequel les garçons ont dépensé tant de sous et d'énergie depuis des semaines.

Deux DVD à la main, Romane n'arrive pas à se décider entre *Peter Pan* et *Robin des Bois*. Au moment où tu t'en vas, le pays imaginaire est en passe de l'emporter sur la forêt de Sherwood. Salut les filles, baisers, bonne soirée !

Quand tu arrives, le loft est déjà plein à craquer. Les manteaux s'amoncellent dans la chambre transformée en vestiaire, du son s'échappe à pleins tubes des enceintes disposées à chaque coin du salon, et une vingtaine de fumeurs jouent des coudes sur le balcon. Les bouteilles de champagne défilent, les coupes se descendent. Cul sec. Selim officie en cuisine pendant qu'Axel fait le service et la promotion des toasts au tarama, au saumon et au foie gras maison. Avec fleur de sel et chutney de figue, c'est bien meilleur ! Ça ne danse pas encore, mais comme dans les réveillons du monde entier règnent déjà une griserie et un enthousiasme un peu surjoué qui à minuit frôleront sans doute l'hystérie. Aurélien ne te voit pas tout de suite. Toi non plus. Puis, quand tu le repères, tu l'évites. Lui aussi. Consciencieusement. Mais tu ne peux pas t'empêcher de le surveiller du coin de l'œil. Même de loin, tu remarques qu'il est beau. Rasé de près. Et de frais. Tu n'es pas la seule, d'ailleurs. Sa conversation semble passionner une créature qui porte court ses cheveux bruns et une robe noire en dentelle dont s'échappent des jambes interminables. Tu n'as pas besoin de te tenir à côté de lui pour deviner le grain de beauté juste sous son nez et les notes de girofle et de santal dont il s'est parfumé. Feindre d'ignorer cette légère pointe d'agacement et de jalousie mêlés. Compter les coupes de champagne, plutôt. Mieux vaut ne pas trop boire, histoire de ne pas ajouter l'ivresse à la tristesse. À quatre tu t'arrêtes. Tu fais une pause, disons. Mais quand Aurélien traverse le salon encombré pour venir t'apporter une flûte et « trinquer quand même à la nouvelle année », tu ne peux pas refuser. Son « quand même » te pique et te hérisse. Il essaie de te parler, sans vraiment y arriver. Tu repenses à Romane qui, petite, confondait toujours les verbes « discuter » et « disputer ». Est-ce que la peur de se disputer empêche de discuter ? L'heure du décompte a sonné. Dans dix secondes, il sera minuit. Tu ne sais pas pourquoi, mais cette année cela te fait un drôle d'effet. À zéro, ça hurle d'une joie que tu ne partages pas. Axel fait péter le champ' et arrose autour de lui. « Pour un peu, on se croirait à Saint-Tropez », s'amuse ta voisine en rouge. Ça éclabousse sacrément loin ! Quelques gouttes tombent sur ton pull et y perlent, comme des larmes. « Ça porte bonheur ! » braille Selim par-dessus la musique. Tu aimerais le croire.

Un petit groupe de barbus a improvisé une estrade en adossant une chaise tout contre une des tables. Un premier garçon y grimpe et ordonne de baisser le son. Avant d'expliquer qu'il propose à chacun de s'engager à prendre une bonne résolution devant tout le monde : « Moi, j'arrête dès maintenant de fumer », jure-t-il en balançant son paquet de clopes. Les suivants promettent de se coucher plus tôt, de se remettre au sport, de perdre trois kilos, de quitter moins tard le boulot, d'être moins accro à leur portable ou encore d'arrêter le McDo. Tu n'as pas vu Aurélien se glisser dans la file bruyante qui s'est improvisée. Mais c'est bien lui qui se hisse soudain sur la table. Un peu chancelant, sans doute très saoul. Te cherche parmi l'assemblée et, quand il t'a repérée, crie plus qu'il ne dit : « Je promets d'être à la hauteur, de devenir meilleur, de ne plus insulter ma femme et de l'aimer enfin comme elle le mérite. » Il a droit, lui aussi, à des applaudissements nourris. Ont-ils vraiment compris ce qu'il a dit ? Tu le regardes redescendre, sidérée. Il te faut quelques minutes pour reprendre tes esprits. Ta tête tourne, mais l'alcool n'y est pour rien. Ça change quoi, cette déclaration ? Les bonnes résolutions sont faites pour ne pas être tenues, non ? Quand tu te décides à le chercher, impossible de le trouver. Axel confirme : « Aurélien a filé. »

Alors, tu laisses filer la nuit. Tu ne comptes plus les flûtes de champagne que tu enquilles. Deux bouteilles, peut-être. De toute façon, quelque chose en toi résiste à la griserie. Tu voudrais tout oublier, le temps d'une soirée, tout mettre de côté. Que le monde s'embue, que les choses deviennent floues. La réalité t'apparaît pourtant avec une effroyable netteté. Tu danses comme une folle, mais tu gardes toute ta tête. Lucidité parfaite. Rien ne te console, rien ne t'exténue. Ni l'alcool ni la musique. C'est comme si ton chagrin refusait de se noyer.

Quand il n'y a plus rien à boire, plus personne sur la piste, tu dis au revoir aux garçons, une étreinte, fort, deux baisers chacun et tu t'en vas. Les réverbères s'éteignent au moment où tu pénètres dans votre rue. Ce qui s'est passé ne doit rien changer à tes plans. Mais tu sais qu'il te faut faire vite. Tu as peur que le courage vienne à manquer. Tu le sens déjà qui s'effiloche. Alors tu pousses la lourde porte en bois, n'attends pas l'ascenseur coincé au septième, montes les escaliers quatre à quatre, sans t'arrêter au troisième pour reprendre ton souffle. La clé dans la serrure. Pas un bruit, ça dort ici. Il fait chaud et ça sent bon aussi. Ça sent chez toi. Tes forces vont te lâcher. Heureusement que tu as tout prémédité. Tu sors du fond de la penderie le sac de Romane que tu as préparé la veille, avec ses jeans, ses dessous chauds et ses bottes fourrées pour son week-end chez Alizée. Tu glisses son écharpe dans la manche de son manteau, son bonnet et ses gants dans les poches. Mais est-ce que cela suffira pour qu'elle n'ait pas froid ? Dans le placard de la cuisine, derrière les bols gris et les tasses ébréchées de Josette, tu trouves, plié en quatre, le mot que tu as eu tant de mal à rédiger, mais que tu as préféré écrire à l'avance, au risque de ne pas y arriver ce matin. Tu le relis, le cœur serré. On le voit bien, que ta main a tremblé : « Ma poupée, j'espère que tu as passé une bonne soirée (avec Marianne, ou avec Wendy et les enfants perdus ?). Papa va te conduire chez Alizée, moi je viendrai te chercher dimanche vers 18 heures. Appelle-moi quand tu veux, si tu as besoin de me parler. Amuse-toi bien, ma beauté. Je t'aime, Maman. » À Aurélien, tu ne dis rien. Tu as tout dit déjà. Il n'y a que le petit déjeuner que tu n'as pas pu préparer à l'avance. Tu remplis le bol de lait jusqu'en haut, ajoutes le chocolat pour qu'il n'y ait plus qu'à le réchauffer, sors une assiette, un verre, une cuillère, un couteau, un yaourt, le miel et le beurre, pour qu'il soit plus tendre. Tu tranches deux tartines, mais te retiens de les glisser dans le grille-pain. Voilà, tout est prêt. Tu vas pouvoir y aller. Il faut te dépêcher, l'heure tourne. Le train part dans cinquante-huit minutes maintenant. Dans la penderie, tu récupères l'autre sac, celui que tu as préparé pour toi, troques ton manteau chic contre ta doudoune. Puis ne regardes plus rien, ne sens plus rien. Fermes les yeux, bloques ta respiration. Tes mains saisissent les clés, la porte se referme. Doucement. Et c'est bien pire que de la claquer. C'est quand le froid te saisit que tu réalises que tu es partie. Pour de vrai. Pour de bon.

Le 1er janvier. Tu appréhendais le trajet. Mais tu n'as rien vu des deux heures de train. Tu as dû t'endormir à peine installée. Tu rouvres les yeux juste avant l'arrivée en gare de Trouville. Et c'est sur le quai que tu commences à lutter. Contre la gueule de bois, le froid et le doute surtout. Tu sais que tu as fait le bon choix. Mais est-ce que c'était bien de partir comme ça ? Comme une voleuse. En même temps, tu n'étais pas capable de faire autrement. La correspondance ne dure que douze minutes, c'est marqué sur ton billet. Mais c'est une éternité. Il y a si longtemps que tu n'étais pas venue à Cabourg en train. Tu essaies de compter. En vain. La tête qui tourne. L'estomac au bord des lèvres. Envie de dégueuler maintenant. Sur ce quai désert, ça ne choquerait personne. Tu tentes de te réconforter, de te dire que tu as fait ce qu'il fallait. Tu réussis à y croire un peu lorsque tu grimpes enfin dans le deuxième train. Mais quand tu descends à Dives une demi-heure plus tard, tu en as acquis la certitude : le plus dur est fait. Ça va aller maintenant.

La maison est froide. Et elle a l'air triste. Comme toi. Lumières partout, chauffage à fond. Aurélien n'est pas là de toute façon pour dire qu'il ne bosse pas chez EDF. Si Josette avait pu t'accueillir dans son éternel châle rose, te demander de tout lui raconter en préparant un thé ou un bol de soupe puis te faire couler un bon bain pour te réchauffer avant de te dire de filer te coucher… Tu aurais adoré qu'on s'occupe de toi. Mais tu n'as besoin de personne. Tu sais très bien tout faire seule. Le thé, le bain, le lit. Les draps sont glacés et dégagent cette odeur si particulière des maisons restées longtemps fermées. Anna adorait ça autrefois. Il faut que tu l'appelles, et Marie aussi, pour leur dire ce que tu as fait. Leur dire que tu as réussi à partir.

Le 2 janvier. Après une bonne nuit de sommeil, ça va mieux. Envie de parler à personne. Juste voir la mer. Mais elle est loin. Elle s'est fait la malle, elle aussi. Il n'y a que les mouettes qui attendent qu'elle remonte. Leurs pattes ont semé des étoiles sur le sable bosselé. Trop froid pour s'asseoir. Marcher, alors. Tu n'as pas jugé bon de prévenir Aurélien. Il ne s'est toujours pas manifesté, de toute façon. Pas un coup de fil, ni un SMS. C'est donc que tout doit être clair pour lui aussi. Il a compris que c'était pour de vrai, cette fois. Il sait à quel point tu t'es battue, pour lui, pour vous. Il sait que tu n'en peux plus de te débattre. Se doute que tu l'as trompé. Mais ne t'en a jamais parlé, car il sait bien que ce n'est pas le sujet. Il sait bien qu'il a toujours été le seul homme avec qui tu voulais faire ta vie, le seul pour lequel, et souvent même contre lequel, tu as lutté pour que ça marche. Toi aussi, tu le sais. Et cette certitude que tu portes en toi et qui te porte balaie tout le reste. Tu as soudain besoin d'écrire. De raconter. Tu voudrais que ton fils sache que tu n'as jamais oublié sa douleur de petit garçon, assis à l'arrière de la voiture qui vous ramenait de Cabourg, qu'il sache la combattante que tu as toujours été et que tu sauras être encore. Tu as ri en découvrant, après coup, la marque du cahier à spirales que tu as choisi, à la papeterie : « Conquérant ». Un jour, tu le donneras à Romane. Quand elle sera assez grande. Pour qu'elle puisse lire cette histoire, qui n'aura pas été moins belle qu'une autre. Mais seulement plus courte.

Tu es partie. Ce n'était pas si compliqué. Il le fallait. Ça allait finir par mal tourner. Car ses mots sont des couteaux qui tranchent ce que tu as de plus fragile. De plus précieux, aussi. Ta gaieté, ta confiance en toi. L'envie de garder la tête haute, la certitude que tout reste possible. La détermination, l'espoir que tu vas y arriver, que cette violence sourde va se taire, enfin. C'est tout cela qu'Aurélien t'arrache quand il te dit ces choses qui ne devraient jamais être entendues. Ces sentences qui t'épinglent, t'épuisent et te condamnent en même temps qu'elles te sidèrent, toutes ces phrases d'une violence inouïe, qui suintent comme des blessures.

Tu es partie parce que tu n'aurais pas eu la force de te relever une nouvelle fois. Pas eu le courage, une petite fille plus tard, de recoller les morceaux. Mais tu ne rateras pas les histoires du soir. Tu vas trouver une solution qui vous satisfera tous les deux. Après-demain, tu iras chercher Romane chez sa copine, puis tu récupéreras Vadim à la descente du car. Il aura son sac de foot sur l'épaule dans lequel il aura fourré tout son linge sale en vrac. Quand il te verra seule, il jettera un œil dans la voiture, remarquera l'air inquiet de sa sœur, et cela lui suffira. Il comprendra. Mais cela ne t'empêchera pas de tout lui dire. Tu leur expliqueras à tous les deux, yeux dans les yeux. Tu leur diras tout simplement que tu es trop fatiguée. Que tu ne peux plus avancer. Que pour toi, le chemin avec leur père s'arrête là. Bien sûr, ce ne sera pas facile. Tu sais que ta voix risque de se briser et que sans doute tu n'arriveras pas à tout dire sans pleurer. Peut-être même que tu leur parleras entre tes larmes. Mais ce n'est pas grave. Plus rien n'est grave maintenant puisque tu as la vie devant toi. Qui t'attend. Tu sais que les petits comprendront. Parce qu'ils sont tes enfants. Ils le savent déjà, de toute façon, que tu es à bout. Tout au bout. Que tu as fait de ton mieux pour tenir, le plus longtemps possible. Que tu vas tomber si tu ne t'assois pas pour souffler. Tu vas faire tes valises, louer le trois-pièces que tu as repéré à deux pas de la maison. Tu aménageras leur chambre, ils auront leur coin chacun, toi tu dormiras dans le salon, et ça ira. Il t'en a fallu, du temps, pour en arriver là. Mais ça y est. Tu y es.

Le 3 janvier. Froid de gueux, vent à décorner les bœufs. Aucune envie de mettre le nez dehors ce matin. Plongée dans ton bouquin, tu ne réalises pas tout de suite. Puis tu comprends soudain : le bruit vient de l'entrée. Ça frappe à la porte. Mais ce n'est pas un coup. Juste un toc discret. Un toc qui dit beaucoup déjà. Supplie. Rassure. Promet. Jure de ne pas s'énerver. Un toc qui cherche à convaincre qu'il ne vient pas en ennemi, qu'il a définitivement posé les armes, qu'il les a tenues malgré lui, mais que tout ira bien maintenant. Un toc qui demande le droit de te parler. La porte ne s'est pas encore ouverte que tu sais déjà : c'est lui. C'est Aurélien qui se tient là, devant toi, un bouquet de roses blanches à la main. Elle est petite mais tu la vois tout de suite, collée sur le plastique, l'étiquette « Joyeux anniversaire » que l'on jette sans jamais y jeter le moindre regard. Quand tu relèves les yeux sur lui, tu sens un sourire se dessiner sur tes lèvres, presque malgré toi. Et c'est alors que tu l'entends. Te dire tout doucement, mais très distinctement, que t'es qu'une conne. « T'es qu'une conne, ma fille. »

Sauf que cette fois, c'est de toi qu'elle vient, cette petite voix.

12425

Composition
NORD COMPO

Achevé d'imprimer en Espagne
par BLACK PRINT
le 4 août 2019.

Dépôt légal : août 2019.
EAN 9782290201886
OTP L21EPLN002549N001

ÉDITIONS J'AI LU
87, quai Panhard-et-Levassor, 75013 Paris

Diffusion France et étranger : Flammarion